현대
소환술사
THE
MODERN
SUMMONER

현대 소환술사 9

현윤 퓨전 판타지

초판 1쇄 찍은 날 § 2016년 1월 4일
초판 1쇄 펴낸 날 § 2016년 1월 11일

지은이 § 현윤
펴낸이 § 서경석

편집책임 § 이재림

펴낸곳 § 도서출판 청어람
등록번호 § 제387-1999-000006호
등록일자 § 1999. 5. 31
어람번호 § 제1-2326호

주소 § 경기도 부천시 원미구 부일로 483번길 40 서경B/D 3F (우) 14640
전화 § 032-656-4452   팩스 § 032-656-4453
http://www.chungeoram.com
E-mail § chungeorambook@daum.net

© 현윤, 2015

ISBN 979-11-04-90583-4 04810
ISBN 979-11-04-90241-3 (세트)

현대 소환술사

THE MODERN SUMMONER

FUSION FANTASTIC STORY

현윤 퓨전 판타지 소설

9

[완결]

도서출판 청어람

CONTENTS

제1장	트러블 전쟁	7
제2장	사람의 조건	33
제3장	계란으로 바위 치기	63
제4장	외통수를 치다	91
제5장	찰나의 휴식	117
제6장	폭주	143
제7장	책임	171
제8장	혼을 내주어야 할 놈	199
제9장	제자리를 찾아가다	229
제10장	행복을 찾아서…	255
외 전	중간계의 수호자	279

제1장

트러블 전쟁

미국 최고의 핸드폰 제조업체 주식회사 '오렌지'는 허수아비 회장과 실권을 쥔 주주들로 회사가 돌아간다.

이 회사의 주주 중 가장 영향력이 크고 자본금이 탄탄한 사람은 바로 양만철이며, 이 회사의 회장 역시 그가 섭외한 전문 인력이다.

지금까지 오렌지사에서 섭외하고 쳐낸 사람의 숫자만 무려 20명이 넘는다.

그중에서 현 회장 제레미아 타이너스는 단연 막강한 권력을 쥐고 있다고 볼 수 있다.

처음 양만철이 제레미아 타이너스를 영입했을 때, 오렌지사는 이미 창업주를 쳐내고 20번째 회장 교체를 단행하고 있었다.

이때까지만 해도 양만철은 상황을 지켜보기만 할 뿐 회장 선임에 대한 의견을 피력하지 않았다.

그러다가 오렌지사가 핸드폰 사업에서 첨단 복합 기기인 태블릿PC 사업에 뛰어든 바로 그 시점에 제레미아 타이너스를 기용했다.

그는 북동그룹 휘하의 계열사를 두루 거치면서 경험을 쌓았고, 무려 15년 동안 전문경영인으로서의 커리어를 쌓았다.

각 사업에서 실전 경험을 쌓은 그는 양만철이 가지고 있는 지분과 내부 공조 세력이 힘을 발휘하여 단박에 오렌지사 회장 자리에 앉았다.

이때부터 제레미아 타이너스는 무서운 속도로 회사를 장악해 나갔으며, 취임 3년 차가 되는 해엔 표결을 행사할 수 있는 지분까지 확보했다.

양만철은 제레미아 타이너스를 이용하여 오렌지사를 온전히 자신의 것을 만들었으며, 지금은 일본 굴지의 게임기 제조 회사인 소너스 그룹을 인수하려 하고 있다.

오렌지사의 현 매출액은 핸드폰 제조업체 제1순위이며, 영국과 스위스 전통의 핸드폰 제조 회사들마저 모두 오렌지사에 합병되었다.

또한 오리지널 미국계 핸드폰 제조 회사들도 줄줄이 오렌지사에 합병되면서 지금 그들은 첨단 업계의 괴물로 성장하고 있었다.

양희진은 강수에게 이 회사를 다시 회장에게 되돌려주자고 제안했다.

충남 논산에 위치한 작은 낚시터에 강수와 양희진이 나란히 앉아 낚시를 즐기고 있다.

퐁당.

그녀는 강수에게 한 장의 프로필을 건넸다.

"이 사람입니까?"

"네, 그렇습니다. 오렌지 주식회사의 창업주이자 미국 초기 핸드폰의 대부라고 알려져 있지요."

강수는 작은 파일에 담긴 그의 프로필을 세밀히 검토해 보았다.

이름:스티브 카운터너.

나이:56세.

가족 사항:2녀.

최종 학력:MIT공대 전자공학석사.

약력:—1989년 주식회사 오렌지카운터 설립.

—1991년 오렌지카운티그룹 창설.

—1991년 오렌지카운티그룹 초대 의장으로 추대.

—1994년 주식회사 오렌지 총괄이사 취임.

—2002년 주식회사 오렌지 총괄이사 해임, 특무이사로 강등.

—2003년 주식회사 오렌지 특무이사 해임, 강제 퇴출.

—2004년 미국 스모그 컴퓨터 개발이사 취임.

—2005년 미국 스모그 컴퓨터 개발이사 해임.

—2006년부터 현재까지 미국 캘리포니아에서 컴퓨터 잡화점을 운영하고 있음.

그는 꽤나 기구한 삶을 살아온 스티브 카운티너에 대해 안타까움을 감추지 못했다.

"쉽지 않은 인생길이군요."

"그는 자신이 차린 회사에서 퇴출당한 것도 모자라 보유 주식을 모두 빼앗기고 재산까지 몰수당했어요. 지금은 중고 컴퓨터를 수거해서 수리하는 일을 하고 있죠. 아마 그 동네에 사는 그 어떤 누구도 스티브가 오렌지사의 창립자라는 것은 모를 겁니다."

"어떻게 하면 이렇게까지 말도 안 되는 일을 당할 수 있는 거죠?"

그녀는 씁쓸하게 웃으며 답했다.

"…모두 북동그룹 때문이지요."

"그렇군요."

다른 어떤 설명보다도 그저 북동그룹이라는 단어 하나면 모든 것이 정리되었다.

그녀는 그가 어떻게 퇴출당했는지에 대해 설명했다.

"처음 그가 회사를 창립했을 때엔 자본금 2백만 달러로 겨우 사무실과 작은 공장을 얻어 끼니를 연명할 정도로 회사가 작았어요. 그런데 어느 날 그는 초대 PCS폰의 전신인 BIS폰을 개발하게 됩니다. 그것은 통신업계를 단박에 뒤집어엎을 정도로 대단한 발견이었죠. 하지만 이미 대기업들이 장악하고 있던 통신업계에 그가 뛰어든다는 것은 쉽지 않은 일이었습니다. 그때만 해도 이동전화라는 개념이 전무하기도 했고, 그나마 핸드폰도 전부 대기업들이 만들어 팔았죠. 하지만 바로 그때, 때마침 그에게 20명의 투자자가 나타납니다. 이들은 대기업에서 개처럼 일하다가 그들의 횡포에 염증을 느낀 비즈니스맨들이었죠. 그들은 자신들이 가진 전 재산은 물론이고 신용대출에 주택담보대출까지 받아서 회사에 투자했습니다. 결국 회사는 대박이 났고, 오렌지카운티는 단박에 시장을 장악, 91년에는 그룹까지 창설했습니다."

강수는 여기까지만 듣고서도 그가 어떤 경로로 퇴출을 당했는지 어렴풋이 알 것 같았다.

"자신의 자금이 별로 없었다는 것이 문제였군요."

"네, 맞습니다. 그는 자신의 지분 자체가 그리 크지 못했고, 20명의 주주가 갖고 있던 영향력이 너무 컸습니다. 하지만 91년에 그룹을 창설했을 때까지만 해도 괜찮았습니다. 하지만 오렌지사가 외국으로 진출하면서 대량의 자금이 필요했습니다. 이때 오렌지사는 북동그룹 산하의 로가드 투자신탁에서 대출을 받았습니다. 하지만 한 차례 외국 자본이 역류하면서 투자신탁의 대출이 점점 불어났습니다. 그래서 그들은 어쩔 수 없이 로가드 투자신탁에게 주식을 양도하고 대주주의 자리를 내주었습니다."

"흠, 그러니까 로가드 투자신탁의 공작으로 인해 대주주 자리까지 내어준 것이군요. 그러니 회장에서 퇴출을 당할 수밖에요."

"…상식적으로 말이 안 되는 전개였지요. 하지만 북동그룹의 네 개 회사가 작정하고 달려드니 당할 수밖에 없었던 것이지요."

"무서운 사람들이군요."

"아시잖아요. 원하는 것을 얻기 위해서라면 수단과 방법을 가리지 않는다는 것을요."

"뭐, 그건 그렇지요."

그녀는 이제 이 회사에 제대로 된 주인을 되찾아주어야 한다고 역설했다.

"잘못된 것을 바로잡는 것도 중요하지만 이 회사가 북동그룹에 미치는 영향 또한 중요합니다. 이 회사에서 나오는 자금 자체도 어마어마하지만 오렌지사로 벌이는 부조리 역시 대단합니다. 그러자면 회장 자체를 바꾸고 윗선을 다 쳐내야 해요."

"어떻게 말입니까?"

"트러블을 일으키는 것이지요."

"트러블?"

양희진은 그들이 가진 기술력에 대해 설명했다.

"오렌지사는 분명 스마트폰 업계의 최고이지만 그 기술력은 중소기업들을 등쳐먹고 얻어낸 겁니다. 회사의 핵심이자 천재 개발자이던 스티브 카운티너가 빠지면서 오렌지사는 기술의 퇴보를 거듭했습니다. 하지만 그의 부재를 채울 자금은 충분했죠. 그래서 중소기업의 기술을 전부 다 빼돌리고 힘으로 그들을 억눌렀습니다. 그 결과 지금 그들은 업계의 외면을 받고 힘든 상황에 빠져 있지요."

"흠……."

"우리가 할 일은 그들을 규합하고 특허권 소송을 벌이는 겁니다. 그들이 개발한 기술력이 원래는 오렌지사의 것이 아니었다는 것만 증명되면 우리에겐 승산이 있어요."

"하지만 그렇다곤 해도 재판에서 승소할 수는 없을 텐데요? 이미 저들이 먼저 특허권을 취득했잖아요?"

"그러니까 강탈에 대한 증거를 최대한 많이 만들어야지요. 그리고 저는 이번 소송을 최대한 크게 벌여서 한국계 스마트폰 제조업체들과 스위스, 영국계 업체들까지 전부 다 끌어들일 겁니다. 그렇게 되면 전 세계는 이 재판에 모든 이목을 집중할 테지요."

"한마디로 재판에서 진다고 해도 우리에겐 나쁠 것 없는 장사가 되겠군요."

"그동안 우리는 우리의 할 일을 하면 됩니다. 적의 시선을 돌려놓고 뒤통수를 치는 거죠."

강수는 그녀의 작전을 납득할 수밖에 없었다.

"좋습니다. 그런 작전은 아주 좋군요."

"하지만 잘못하면 저들이 무슨 짓을 할지 몰라요. 항상 조심해야 합니다."

"후후, 그거야 저쪽 회사에게 할 말이지요."

지금까지 강수의 저력을 제대로 구경하지 못한 그녀는 연신 고개를 갸웃거렸다.

"…아무튼 몸조심하세요. 나쁠 것 없는 일이잖아요?"

"그건 그렇죠."

"하여간 이제 본격적으로 움직입시다."

두 사람은 낚싯대를 거두고 서울로 향했다.

*   *   *

고비산맥 15구역에 붉은색 포탈이 생겨났다.

우우웅!

이곳은 이계의 정기와 현실의 정기가 뒤섞여 하루에도 몇 번씩 폭주가 일어나고 있었다.

네르샤는 이 공간에 현실의 물건을 집어넣는 실험을 자주 했는데, 그때마다 포탈은 물질을 가루 상태로 뱉어냈다.

"사람은 물론이고 먼지 하나 들어갈 틈이 없겠군."

"그런데 왜 자꾸 이것이 폭주를 일으키는 걸까?"

"…글쎄, 지금으로썬 알 수가 없지."

엘레나와 네르샤는 벌써 2주일째 포탈을 지켜보고 있었지만 이렇다 할 성과를 거두지 못하고 있었다.

하지만 그런 그녀들에게 랄프가 한 가지 가설을 내놓았다.

"혹시 차원이 붕괴되고 있는 것 때문은 아닐까?"

"차원의 붕괴?"

"어쩌면 아힌리히트의 심장이 없어짐에 따라 루야나드 대륙의 이곳저곳에서 문제가 일어났겠지. 그의 심장이 가지고 있던 영향력이 워낙 컸으니 말이야."

"흠, 그것도 충분히 일리가 있군."

"만약 그곳에서 매일같이 마나의 폭주가 일어난다면 차원이 붕괴되겠지. 지금 이곳으로 저곳의 생물들이 뛰쳐나오지 않는 것만 해도 다행이지."

네르샤는 랄프의 가설에 자신의 의견을 보탰다.

"난쟁이의 가설이 사실이라면 큰일이다. 차원의 붕괴되어 그곳의 모든 생물이 튀어나오면 이곳도 얼마 가지 못해서 붕괴되고 말거든."

"하지만 그렇다고 해도 그것을 막을 방법은 없잖아?"

"아니, 하나 있다."

그녀는 강수의 심장만이 그것을 종식시킬 수 있다고 믿었다.

"아힌리히트의 심장을 가진 레비로스가 차원의 틈을 무너뜨리면 모든 것이 끝난다."

"하지만 그럼 우리는 평생 이곳에서 빠져나갈 수 없을 텐데?"

"어차피 지금도 저곳으로 갈 수 없다. 포탈이 열렸다곤 해도 물질계의 모든 것이 녹아버리는 저곳을 통과할 수 있을 것 같나?"

"……."

"고향은 잊어라. 어차피 돌아갈 수 없다면 이곳에서 평생 머물 생각을 해야 해."

랄프는 강수가 강력해지면 강력해질수록 고향으로 되돌아가는 것을 고대하고 있었다.

그러나 그의 희망은 이제 점점 비현실적인 고대로 바뀌어가는 것 같았다.

"아무튼 우리가 지금 살아가고 있는 이곳을 지키자면 어쩔수 없이 이계의 틈을 무너뜨리는 수밖에 없다. 그것만이 세상의 균열을 채우는 유일한 방법이 될 거다."

"…젠장, 내가 무엇 때문에 지금까지 버텼는데!"

"하지만 지금의 삶도 나쁘지는 않다고 생각한다. 그렇지 않나?'

네르샤의 질문에 랄프는 쉽사리 대답을 할 수 없었다.

"고도의 문명과 생활의 편리함, 이 모든 것과 바꿀 수 없는 것도 있다."

"고향의 향수가 그렇게도 중요하던가?'

"물론이지."

그녀는 고개를 가로저었다.

"루야나드는 냉혹한 곳이다. 아힌리히트의 지배가 오히려 가호처럼 느껴질 정도였지."

"……."

그녀는 자신을 따라온 부족들을 둘러보았다.

그들은 지금 이 산맥에 자리를 잡고 나름대로 농사를 짓고 가축을 키우며 삶의 재미를 만끽하고 있다.

그것은 다크엘프나 엘프들, 오크나 고블린 등도 모두 다 마찬가지였다.

심지어 영국에서 건너온 마피아들까지 이곳 고비산맥에 녹아들어 삶의 재미를 느끼고 있는 중이다.

네르샤는 서로 어울려 살아가는 그들을 가리키며 말했다.

"네가 보기에 저들이 불행해 보이나?"

"……."

"만약 그렇다면 네 눈이 뭔가 잘못된 것이 분명하다. 저들은 루야나드 대륙에서 매일 불안에 떨며 살아왔다. 나는 아힌리히트의 세상보다 인간 레비로스의 세상이 더 좋다고 생각한다."

그는 심란한 마음을 감출 수 없는지 이내 인상을 찌푸렸다 펴기를 반복했다.

"…아무튼 모든 생물은 모태가 있다. 나는 그것을 잊지 않았을 뿐이지."

"그 역시 너의 착각이다. 모든 생물은 자신이 가장 행복한 곳을 찾아 떠나서 살아가야 할 의무가 있어."

엘레나는 두 사람의 논쟁을 잠시 중재하기로 했다.

"일단 레비로스가 오시면 다시 얘기하죠. 지금 우리가 뭘 어떻게 할 수가 없잖아요?"

"…그래."

네르샤는 엘레나에게 마나 온천욕을 제안했다.

"하여간 복잡한 것은 딱 질색이다. 어이, 흰둥이. 마나 온천이나 좀 땡길까?"

"좋죠. 오랜만에 당신의 그 거무튀튀한 젖가슴을 구경하겠군요."

"후후, 너처럼 빈약한 가슴보다는 훨씬 낫지."

두 사람은 오늘도 티격태격하며 온천으로 향했지만, 랄프는 여전히 그 자리에 우두커니 서 있었다.

* * *

미국으로 향하는 길.

강수는 잠시 중국에 내려 고비산맥을 찾았다.

쐐애애앵!

공항까지 그를 마중 나온 아르테미스는 이제 제법 드래곤 다운 면모를 보이고 있었다.

"이제 덩치가 한 4미터쯤 되려나?"

"직선 길이는 정확히 5.2미터다. 날개 길이는 그것보다 정확히 두 배 길고."

"오호, 그 정도면 슬슬 헤츨링을 벗어났다고 볼 수 있지 않나?"

"아직 멀었다. 길이만 길었지 드래곤하트의 크기는 그대로니까."

"그렇군."

이윽고 그녀는 강수를 고비산맥 15구역 포탈 앞에 내려주었다.

우우웅!

강수는 말로만 들은 포탈을 직접 바라보며 낮게 신음했다.

"으음, 생각보다 훨씬 더 크고 강력하군."

"잘못하면 이계에 균열이 가서 지구가 빨려 들어갈 수도 있겠어."

"이 포탈이 블랙홀로 변할 수도 있다는 소리인가?"

"이론상으론 그렇지."

매일 새로운 지식을 습득하고 연구하는 것이 취미인 그녀는 이제 이 세상의 모든 지식을 각 분야의 권위자만큼 보유하고 있었다.

그녀가 보기에 이곳은 가만히 내버려 두어선 안 되는 물건이며 반드시 없애야 할 물건이었다.

"블랙홀은 아직 검증되지 않은 이론이다. 하지만 우리가 포탈을 타고 이곳으로 넘어온 것을 생각하면 웜홀이 블랙홀로 변할 가능성은 얼마든지 있다. 또한 그 반대로 블랙홀과 웜홀이 함께 존재할 가능성도 있고."

"…복잡하군."

"간단하다. 빛이 있는 곳에 어둠이 있고 어둠이 있는 곳에 빛이 있는 것과 같은 이치다."

"한마디로 결론만 말하자면 이곳은 반드시 없어져야 한다는 소리군."

"지구가 멸망하는 것보다는 이것이 없어지는 편이 낫지."

강수는 나흘 후에 이 포탈을 없애기로 했다.

"지금 미국에서 벌이고 있는 일을 처리하고 나면 곧바로 이것을 없애도록 하자고."

"너무 늦어. 조금 더 빨리 이곳을 없애지 않으면 무슨 일이 일어날지 아무도 모른다."

"흠……."

"최대한 빨리 결정하는 편이 좋아."

강수는 고개를 끄덕였다.

"알겠다. 최대한 일찍 돌아와 이 문제를 해결하도록 하지."

"잘 생각했다."

이윽고 강수는 다시 공항으로 향했다.

　　　　　　＊　　　　＊　　　　＊

　미국 캘리포니아 주 샌디에이고를 향해 강수와 희진을 태운 차가 달리고 있다.

　솨아아아!

　샌디에이고의 정갈한 도로를 내달리는 강수의 얼굴로 바닷바람의 짭짤함이 스쳤다.

　부유한 백인들의 은퇴지라고 불릴 정도로 부유한 도시인 샌디에이고이지만 그렇지 않은 경우도 있었다.

　강수는 샌디에이고 외곽의 한 오두막에 도착하여 그곳의 이정표를 확인했다.

　"이곳이 맞는 겁니까?"

　"아마도요."

　"설마하니 이런 허름한 오두막에 오렌지사의 전 회장이 살고 있다니……."

　"인생은 한 치 앞도 모르는 것이라고 하지요. 모든 것은 신의 뜻대로 흘러가는 법, 이젠 다시 제자리를 찾아갈 겁니다."

　그녀는 먼저 스티브 카운티너의 집으로 다가가 노크를 했다.

　똑똑.

　그러자 집 안에선 아주 초췌한 중년인이 모습을 드러냈다.

　"쿨럭쿨럭! 누구십니까?"

"안녕하십니까? 저희들은 KS루한스 그룹에서 나왔습니다. 스티브 카운티너 씨 되시죠?"

"…그렇습니다만 무슨 일이십니까?"

"오렌지사에 대해서 드릴 말씀이 좀 있습니다만, 시간을 내주실 수 있으신지요?"

순간, 그의 얼굴에 막연한 경계심이 스쳤다.

"할 말 없습니다. 이만 돌아가 주시죠."

"저희들은 오렌지사에서 보낸 사람들이 아닙니다. 그러니 제 얘기를……."

"됐습니다. 더 이상 할 말 없으니 그냥 돌아가 주세요."

쾅!

단칼에 두 사람을 밀어낸 그는 더 이상 그 어떤 인기척도 내지 않았다.

아무래도 북동그룹에서 워낙 사람을 쥐 잡듯이 잡아서 이 방인은 어지간하면 만나기 싫은 모양이다.

강수는 그런 그에게 자신의 존재를 직접 알렸다.

"저는 KS루한스 그룹의 회장 이강수라고 합니다! 오렌지사의 인수합병 때문에 드리고 싶은 말씀이 있어서 찾아온 겁니다!"

잠시 후, 오두막의 문이 열리며 그가 다시 얼굴을 내밀었다.

끼익!

"뭐, 뭐라고요? 뭘 인수해요?"

"저희가 오렌지사를 인수할 겁니다. 그리고 그 회장직에 당신을 올리고 싶고요."

"……."

"황당한 소리라는 것은 잘 압니다. 하지만 저는 이 황당하게 생각하시는 일 때문에 한국에서 미국까지 왔습니다. 최소한 무슨 헛소리인지 들어나 보시지요."

그는 강수의 말을 과연 들을 가치가 있는지 가늠하는 것 같았다. 하지만 그가 인생의 절반을 투자해 온 회사를 이대로 남에게 넘길 수는 없는 일이었다.

"들어오십시오. 무슨 얘기인지 한번 들어보고 상황에 따라 경찰을 부르겠습니다."

"감사합니다."

두 사람은 그의 경계 속에 오두막 안으로 발을 들일 수 있었다.

상당히 낡은 나무와 벽돌, 그리고 동물 가죽으로 만들어진 오두막 안은 상당히 아늑한 편이었다.

만약 은퇴한 노인이 전원생활을 즐기고 싶어서 시골을 찾는다면 딱 이런 스타일의 집을 지을 것 같았다.

강수는 그에게 자신이 지금까지 들어온 얘기를 있는 그대로 늘어놓았다.

스티브가 어째서 자신이 직접 설립한 회사에서 쫓겨나게 되었으며, 지금은 왜 이런 전원생활을 할 수밖에 없는지도 말했다.

그는 강수의 말에 조용히 고개를 끄덕였다.

"…그래요. 당신 말이 맞아요. 저는 회사에게 뒤통수를 맞고 여기까지 왔습니다."

"다시 복수할 수 있는 수단이 있다면 저희를 따라주실 겁니까?"

"아니요. 저는 이미 세상과의 모든 인연을 끊었습니다. 심지어 제 딸들과 아내도 더 이상 저를 찾지 않습니다. 저는 패배한 남자입니다. 더 이상 무엇을 하고 싶지도, 그렇다고 발악을 하고 싶은 마음도 없습니다."

"하지만 당신에게 오렌지사는 영혼과도 같은 존재 아니었습니까?"

"……."

"저희들 역시 오렌지사를 가지고 노는 세력에 맞서기 위해 지금의 조직을 만들었습니다. 영혼을 잃는다는 것, 얼마나 힘든 일인지 너무나 잘 알고 있다는 소리지요."

"그게 무슨 소리입니까?"

강수는 차갑고 냉정한 표정의 희진을 가리키며 말했다.

"이쪽에 있는 이 사람은 아버지와 어머니를 잃었다는 절망에 빠져 30년을 넘게 살았습니다. 하지만 알고 보니 그 장본인이 아버지를 반신불수로 만들고 어머니까지 신경쇠약에 걸리도록 몰아붙였습니다. 그 이후엔 그녀를 데리고 가서 자신의 친딸처럼 키웠습니다. 원수라는 것도 모른 채 그녀는 그에게 충성을 다하면서 살았고요."

"……."

"저 역시 아버지를 잃고 동생과 힘겨운 삶을 살아왔습니다. 할 수만 있다면 그를 잡아서 찢어 죽이고 싶은 심정이지요."

두 사람의 얘기를 전해 들은 스티브의 표정이 조금은 풀어지는 것 같았다.

"흠, 그런 사연이……."

"만약 가능하다면 우리가 함께 손을 잡고 그들을 몰아내고 싶습니다. 그리고 더 이상 이런 일이 벌어지지 않도록 단단히 방비하고 싶습니다."

"하지만 도대체 무슨 수로 그들을 쓰러뜨린단 말입니까?"

"난전입니다."

"난전?"

강수는 지금까지 저들이 사기와 억압으로 얻어낸 기술력에 대한 데이터를 모두 정리해서 파일로 만들었다.

"저들은 창업주를 쫓아낸 후 기술적인 부재를 겪었습니다. 그리고 그것은 기술력 도용과 강탈로 이어졌지요. 한마디로 지금의 오렌지사는 강자가 약자를 약탈한 가짜 영광을 누리고 있는 셈입니다."

"…만약 이것들을 전부 다 재판으로 가지고 가면 아주 볼 만하겠군요."

"그렇습니다. 하지만 이 기술력을 전부 다 회수하는 일은 결코 쉽지 않을 겁니다."

"흠……."

"그러니 당신이 저희들을 도와주셔야 합니다. 그들은 아마도 당시의 회장인 당신을 기억하고 있을 겁니다. 그러니 저희들과 함께 기술력을 회수하고 다시 회사를 되찾으시지요."

강수의 제안에 그는 쉽사리 결정을 내리지 못했다.

"…조금만 시간을 주십시오."

"알겠습니다. 어차피 쉽게 결정 내리기 어려울 것이라는 사실은 이미 알고 있습니다. 천천히 결정하십시오. 그리고 부디 옳은 결정을 내리시기 바랍니다."

이윽고 강수는 그에게 명함을 한 장 건넸다.

"제 개인 명함입니다. 만약 무슨 일이 발생하게 된다면 저에게 전화하십시오. 행여나 제가 부재중이라면 회사로 전화를 주시고요."

"알겠습니다."

"네, 그럼."

강수와 희진은 그의 대답이 나올 때까지 천천히 기다리기로 했다.

*　　　*　　　*

일본 동경에 위치한 소너스 사.

이곳으로 오렌지사 재무이사 제럴드 맥커닐이 찾아왔다.

제럴드 맥커닐은 소너스 사가 지고 있는 막대한 채무를 자신의 권한으로 상환해 달라고 요구했다.

현재 소너스 사는 일본 DHG시티뱅크에 1조 원이 넘는 채무를 지고 있었는데 제럴드 맥커닐은 개인 자본으로 그 모든 채권을 자신이 회수했다.

소너스 사는 게임 시장에서의 도태와 무리한 인수합병으로 인해 회사가 휘청거려 위기를 맞이하고 있었다.

그런 와중에 채권자가 바뀌어 버렸으니 이것이야말로 황당하기 그지없는 일이라고 할 수 있었다.

소너스 그룹의 총괄이사이자 회장의 차남 타쿠야 아사쿠라는 제럴드 맥커닐의 무리한 요구에 연신 고개를 숙이고 있었다.

"제발 사정 좀 봐주십시오! 갑자기 이러시면 우리에게 죽으라는 소리밖에 더 됩니까!"

"죽긴 왜 죽습니까? 회사 지분 매각하고 자금을 마련하면 될 일 아닙니까?"

"…지금 우리가 회사의 지분을 매각하면 경영권이 흔들린다는 것을 잘 알고 있지 않습니까?"

"그거야 나는 모르죠. 내가 채권을 인수해서 재정에 펑크가 났으니 그것을 책임져 달라는 것밖엔 모릅니다."

"……."

소너스 사는 최근 한 달 동안 미국계 자본으로부터 공격형 인수합병의 증시 공격을 받고 있었다.

그들은 소주주는 물론이고 중요 주주들까지 전부 찾아다니면서 주식을 매집했다.

그 결과 소너스 사는 겨우 5% 차이로 근근이 경영권을 지키는 신세로 전락하고 말았다.

소너스 사는 지배 구조 자체가 회장이 50%가 넘는 지분을 보유한 독보적인 세력권의 구조였다.

하지만 회사의 사정이 나빠지면서 출자 구조를 변경시켰는데, 하필이면 그 과정에서 공격형 인수합병이 시작된 것이다.

현 기업법으론 이것을 막아낼 적당한 도구가 없었다.

이미 채권 자체가 제럴드 맥커널에게 넘어갔기 때문에 그 어떤 방법으로도 인수합병을 막을 수 없었던 것이다.

그런 가운데 갑자기 채무 변제를 요구하는 서류를 내밀고 있으니 총괄이사로선 머리가 터져 버릴 것만 같았다.

"제, 제발 한 달 내로 말씀하신 채무에 대한 반환을 완료하겠습니다. 그러니⋯⋯."

"그거야 내 알 바가 아니고요, 주식으로 갚든 몸으로 때우든 알아서 하십시오."

이윽고 자리에서 일어선 그를 향해 타쿠야 아사쿠라가 무릎을 꿇었다.

"제, 제발⋯⋯! 지금 제 아버지가 병석이 누워 있습니다! 형은 사고를 당해서 반신불수가 되었고요! 갑자기 이러시면 우리 가족은 다 죽습니다!"

"압니다. 그러게 누가 몸져누우라고 했습니까?"

"⋯⋯."

"건투를 빕니다. 그럼."

타쿠야 아사쿠라는 황망한 눈으로 멀어지는 그를 바라보고 있을 뿐이었다.

제2장
사람의 조건

포탈 생성 한 달째.

쿠크크크크크크!

이제는 15구역 전체가 다 흔들릴 정도로 강력한 진동이 일어나고 있으며, 그 주변으로는 강렬한 스파크가 튀고 있었다.

아르테미스는 이 현상이 화이트홀이 블랙홀로 전환되는 과정일지도 모른다고 말했다.

"불안한데……."

강수는 랄프의 연락을 받고 급하게 이곳으로 달려왔지만, 쉽사리 방법을 찾을 수가 없었다.

무작정 이곳을 파괴한다고 일이 마무리될 것 같지 않아 보인 것이다.

"심각한 일이군. 포탈이 파괴되었을 때 일어날 수 있는 경우는 뭐가 있지?"

"별것 없다. 둘 중의 하나야. 블랙홀이 발생하든지 그냥 간단히 포탈이 허물어지든지."

"…퍽이나 안심이 되는 소리군."

네르샤는 자신들의 안전을 위해 지금 당장 포탈을 파괴하자고 주장했다.

"그냥 부수는 것이 좋겠어. 다 죽을 수는 것 아닌가?"

"하지만 잘못해서 블랙홀이 되어버리면?"

"그럼 이대로 가만히 내버려 두었다가 다 죽을까?"

바로 그때였다.

치지지지지직, 쾅!

"허, 허억!"

"폭발이다! 엎드려!"

강수를 비롯한 모든 사람이 폭발에 맞춰 몸을 웅크렸고, 그 주변으로 수풀 조각이 우수수 떨어져 내렸다.

후두두두둑!

"뭐, 뭐지?"

"괜찮나?"

"일단은⋯⋯."

이윽고 강수는 고개를 들어 자신의 앞에 펼쳐진 포탈의 파괴를 바라보았다.

슈가가가가각, 팟!

"어, 없어졌어?"

"알아서 없어진 건가?"

"아직 단정 짓기는 이르다. 블랙홀은 아주 손톱만 한 크기로도 공간의 왜곡을 일으키거든."

아르테미스의 말에 모두가 긴장했고, 꽤 오랜 시간 동안 침묵이 흘렀다.

하지만 여전히 포탈이 있던 자리엔 아무런 현상도 일어지지 않았다.

"어, 어라? 상황이 모두 다 종료된 것인가?"

"⋯그런 것 같군."

"뭐야? 생각보다 훨씬 더 간단한 일이었잖아?"

"그러게 말이야. 괜히 걱정했네."

강수를 비롯한 모두가 실소를 흘리고 있는 바로 그때였다.

"마, 마스터! 저쪽을 좀 보십시오!"

"무슨 일인가?"

크룩의 손을 따라 고개를 돌린 강수는 아연실색할 수밖에 없었다.

고비 강 유역에는 그 끝을 알 수 없을 정도로 길고 긴 피란 행렬이 이어지고 있었고, 어느 한 지점에선 계속해서 사람이 만들어지고 있었다.

쉬이이이익!

"사, 사람이 생겨난다!"

"잘 보십시오! 저 붉은 기운이 사람으로 변하고 있습니다! 포탈과 같은 색입니다!"

크룩이 관찰한 대로 사람들은 포탈이 가지고 있던 붉은 빛과 같은 색의 기운을 만들어내고 있었다.

아무래도 포탈이 파괴되면서 그들이 이곳으로 빨려 들어온 것 같았다.

그곳에는 인간과 엘프, 그리고 그들의 혼혈종인 하프엘프와 드워프 등이 있었다.

엘레나와 네르샤는 그들을 바라보며 분개심을 감추지 못했다.

"…빌어먹을 인간들 같으니!"

"저들이야말로 악마들입니다! 우리를 사냥하기 위해서 군대까지 보낸 사람들이란 말입니다!"

끝도 없이 만들어지던 피란 행렬은 어느 한 부분에서 끝이 났는데, 아무리 적게 잡아도 그 숫자가 2~3만은 넘는 것 같았다.

그들은 네르샤와 엘레나를 보자마자 경계심 가득한 표정을 지었다.

"다, 다크엘프? 그리고 저 여자는 하이엘프 아닌가!"

"…저주받은 종족이다! 죽여야 한다!"

"죽이자! 죽이자!"

강수는 이계로 건너와서까지 종족을 차별하는 그들에게 드래곤 피어를 흘려보냈다.

"조용히 하는 것이 좋다! 다 죽고 싶은 것인가!"

"허, 허억!"

"이, 이것은……?"

"이 두 부족은 나의 수하들이다! 또한 이들과 함께 살아가고 있는 이 오크들과 고블린들 또한 나의 수하들이다! 우리야말로 이곳의 원주민이다! 만약 우리의 수용 정책을 따르지 않는다면 모두 다 무사하지 못할 것이다!"

이윽고 강수는 이계 피란민들이 거주하고 있는 구역에 넓은 방어막을 쳤다.

배리어 라인!

이것은 용언과 마나의 융합으로 쓸 수 있는 마법으로 넓은 지역을 아우르는 결계마법이다.

행여나 이곳을 빠져나가기 위해 몸부림을 쳤다간 마나의 반사작용으로 일시적인 반신불수에 이르게 된다.

"이, 이게 무슨 짓인가?"

"악마다! 악마가 나타났다! 저들을 죽이자!"

지이잉, 콰앙!

칼과 방패를 든 그들은 배리어 라인을 뚫고 나오려다 번개에 맞아 반신불수가 되고 말았다.

"크헉!"

"아시스!"

"저, 저놈들이 사술을 쓰는 것 같소! 이곳에 가만히 있는 것이 좋겠소!"

강수는 어째서 다크엘프들과 하이엘프들이 인간을 싫어하고 경멸했는지 알 것 같았다.

'같은 인간이라는 것이 부끄럽군.'

그는 당분간 이 결계를 유지하며 그들을 지켜보기로 했다.

*   *   *

다음날 아침, 강수는 배리어 라인 안에 있는 인간과 엘프의 왕인 아시스를 찾아갔다.

아시스는 스스로를 대제라고 칭했다.

"짐이 이 나라의 황제다. 그대의 이름은?"

"…레비로스라고 해두지."

"흠, 레비로스라……. 어쩐지 발음이 익숙한 것 같군."

"나 역시 루야나드 대륙에서 왔으니 당연하지."

강수가 아시스와의 독대를 갖는 도중, 그의 곁에 있던 엘프족 기사들이 분개하며 소리쳤다.

"무엄하다! 어찌 폐하께 평대를 할 수 있단 말인가!"

"그만, 그만하라!"

"하오나 폐하, 무식에도 정도가 있사옵니다! 어찌 폐하께 평대를 할 수 있단 말이옵니까?"

"……."

네르샤의 말대로 이들은 도무지 답이 없는 족속들인 모양이다.

그는 최대한 인내심을 갖고 지금까지 루야나드에 무슨 일이 일어났는지 알아보기로 했다.

"…아무튼 이곳에 왔으니 당신들은 이방인이다. 이방인이 원주민에게 얹혀살자면 그에 합당한 사연이 있어야 할 터, 루야나드는 어떻게 되었나?"

"세상의 공멸이라고 할까? 원래 우리 제국은 전 세계 모든 대륙을 통합하면서 초일류 국가로 성장했다. 하지만 어느 순간부터 세상에는 이상 징후가 보이기 시작했지. 땅이 갈라지고 화산이 폭발했으며, 각 지역에 해일이 들이닥치는 일이 심심치 않게 벌어졌다. 그러다 태양이 서서히 대지에 가까워져

옴에 따라 인간들은 더 이상 그 땅에서 살 수 없게 되었다."

"흠, 세상의 균형이 깨어지고 만 것이군."

"그렇다고 볼 수 있지. 한 예언가가 말했다. 자연의 중재자인 드래곤 일족이 공멸하면서 이 세상은 심판을 받을 것이라고 말이야. 결국 그로 인해 4억 5천의 인구가 모두 공멸하고 오로지 최상위 3만 명만이 간신히 포탈을 넘을 수 있었다."

"…남은 사람들은?"

"짐도 모른다. 아마도 우리 황족과 귀족들을 위해 희생했겠지. 지금쯤이면 깊은 영면에 들어 선황들의 거처에 들어갔을지도 모른다."

"……"

강수는 그제야 네르샤의 말이 정말로 옳을지도 모른다고 생각했다.

"차라리 몰살을 시키는 편이 좋을지도 모르겠군."

"…뭐라?"

"너희들은 인간도 아니다. 어찌 자신들의 목숨을 위해 4억 5천 명을 희생시킬 수 있단 말인가?"

"……"

"앞으로 너희들은 이곳에 살면서 혹독한 대가를 치르게 될 것이다."

강수는 분개하며 자리에서 일어섰고, 엘프족 기사들은 그에게 검을 들이댔다.

챙!

"무엄하다! 어찌 폐하께 먼저 등을 보인단 말인가?"

"…무엄?"

순간 강수는 심장에 있는 모든 용언을 개방시켰다.

크르르릉, 콰앙!

"허, 허억!"

"가소로운 놈들 같으니! 감히 나에게 무엄하다고 지껄였
나!"

강수의 몸에서 뿜어져 나오는 드래곤 피어로 인해 기사들
중 두 명이 피를 토하며 쓰러졌고, 아시스를 따라온 왕자 세
명이 눈을 까뒤집으며 넘어갔다.

"끄헉!"

"아, 아바마마!"

"괴, 괴물!"

"나는 에이션츠 드래곤 아힌리히트의 후계자다. 그의 심장
을 이어받은 하프 드래곤이라고 할 수 있지."

"……!"

"나에게 무릎을 꿇지 않으면 남은 3만의 목숨을 앗아가겠
다. 그것도 세상에서 가장 고통스러운 방법으로 말이다."

아시스는 극한의 공포를 오로지 황제의 프라이드 하나만

으로 버텨냈다.

"…짐은 무릎을 꿇지 않는다!"

"후후, 멍청한 족속이군. 좋다, 네 용기가 가상해서 그냥 죽이지는 않겠다. 다만, 우리 동료들이 죽음을 내리겠다고 결정하게 되면 그 즉시 너희들은 다 죽는다. 알겠나?"

"……."

이윽고 강수는 돌아서 배리어 라인 밖으로 걸어나갔다.

*　　　*　　　*

루야나드에서 건너온 피란민들의 뻔뻔함은 그야말로 끝이 없었다.

그들은 자신을 가둔 강수에게 제때 끼니도 챙겨주지 않는다며 욕설을 내뱉거나 억압에 대한 불만을 토로했다.

"악마다! 저들은 악마야! 이곳에서 나갈 수 있도록 기도합시다!"

"하늘이시여!"

엘레나는 그런 그들을 바라보며 경멸에 가득한 표정을 지었다.

"저런 이들의 기도를 들어주신다면 그 신은 아마도 정신이 나간 존재일 겁니다."

"…그거 신성 모독 아니야?"

"어쩔 수 없죠. 저들이 우리를 박해한 사실이 자명한데. 저 뻔뻔한 태도를 보면서도 그런 소리가 나와요?"

"뭐, 그건 그렇군."

지금까지 말로만 들었지 인간과 엘프가 연합해서 왕국을 건설하고 타 종족을 핍박한 광경은 한 번도 본 적이 없는 강수다.

하지만 지금 와서 자신의 눈으로 직접 그 광경을 지켜보니 기가 찰 노릇이다.

"어쩌면 아힌리히트 그 미친 도마뱀이 진정한 성인이었는지도 모르지. 이런 미친 세상이라니, 상상하기도 싫군."

강수는 우글거리는 피란민 무리를 바라보며 깊은 한숨을 내쉬었다.

"후우, 그나저나 저들을 다 어떻게 처리한다? 저렇게 많은 사람을 수용하기엔 이 산맥이 너무 좁아."

"그냥 내쫓으시지요."

"그럼 이 세상의 질서가 무너지고 말 것이다."

"…죽이자."

"그렇다고 살아 있는 사람들을 다 죽이자고? 저 중에는 죄가 없는 사람도 많아."

"우리는 죄가 있어서 죽었던가?"

"그, 그건 아니지만……."

"인간은 자신이 행한 대로 돌려받아야 한다. 그것이야말로 가장 기본적인 개념 아니던가?'

그는 저들이 죽어 마땅한 일을 했다고 생각했다.

하지만 아직 눈도 채 뜨지 못하는 아기도 다수 섞여 있다는 것을 생각하면 차마 그럴 수가 없었다.

일단 강수는 저들을 저대로 조금 더 수용하면서 방법을 찾아보기로 했다.

"며칠만 더 기다려 보기로 하지."

"……."

강수는 이제 깊은 고민에 빠져들었다.

*   *   *

고비산맥의 지배자는 분명 강수였지만 그는 이곳이 모두의 공간이라고 생각했다.

그래서 그는 이곳에 사는 모든 생명체에게 새롭게 찾아든 저 뻔뻔한 피란민들의 처치에 대한 생각을 물었다.

크룩과 키헥은 당연히 저들을 없애자고 말했지만 랄프와 엘레나는 그와 반대되는 의견이었다.

"인구를 다른 지역으로 분산시키는 한이 있어도 죽이면 안 됩니다."

"흠……."

"차라리 저들을 광산과 조업장으로 보내 노동을 시키면서 심사숙고하시지요."

"뭐, 그것도 나쁘지는 않겠군."

지금 강수가 소유한 광산과 조업장은 지금 이 인원으로만 충당하기엔 무리가 있었다.

아무리 몬스터들의 작업이 숙달된다고 해도 결국 신체적 한계점은 존재하게 마련이다.

일단 강수는 그들을 노역장으로 보내는 데 동의했다.

"좋다, 그럼 광산과 농장에 각각 저 인원들을 보충시키고 열다섯 개의 조업장으로 저들을 나누어 보내겠다. 각 조장들은 부조장에게 현 작업장의 총괄을 맡기고 그들의 훈련과 감독을 맡아라."

"…키헥, 저 인간들은 싫습니다!"

"하지만 별수 없다. 싫든 좋든 우리 영토에 들어왔으니 먹여 살려야 한다. 그러자면 저대로 그냥 내버려 둘 수 없어. 너희들이 직접 일을 시키고 너희들이 얻은 수확물을 나누어주어라."

"……."

강수는 자신이 버는 만큼 몬스터들에게 편의 시설과 곡물, 기호식품 등을 제공하고 있었다.

이제는 그 수준이 잘사는 동네의 사람들이 즐길 만큼 되어서 남은 것은 돈으로 바꾸어 소유할 수도 있도록 했다.

한마디로 그들 역시 사유재산이 생겨났다는 소리이다.

그들은 자신이 피땀 흘려 번 사유재산을 저들에게 빼앗긴다는 생각에 치를 떨 수밖에 없었다.

"…그렇다면 저들을 죽기 직전까지 굴려도 됩니까?"

"그건 조장들이 알아서 할 문제이다. 하지만 사람이 죽으면 곤란하다. 알겠나?"

"키헥, 키헥! 알겠습니다!"

"크룩, 저희들도 가진 것을 빼앗기지 않기 위해 노력할 겁니다. 하지만 너무 말을 듣지 않으면 우리도 어쩔 수 없습니다."

"그래, 잘 알고 있다. 그 점에 대해선 관여하지 않겠다."

몬스터 무리는 자신들이 가진 것이 빼앗기기 싫어서 인간들을 혹독하게 다룰 것이고, 유사인종은 그들이 당해온 세월이 억울할 것이다.

네르샤는 이를 바득바득 갈았다.

"…우리가 겪은 궁핍한 세월을 저들도 똑같이 겪어야 한다. 그래야 정신을 차리지."

"무엇이 옳은 것인지는 잘 모르겠군."

일단 강수는 저 많은 인원을 수용하기 위한 궁여지책을 당장 시행하기로 했다.

*　　*　　*

한 구역마다 몬스터 조장 한 명, 다크엘프 한 명이 배속되었다.

이들은 피란민을 혹독하게 다루면서도 그들이 함부로 도망치지 못하도록 감시했다.

끼릭, 끼릭.

작업장 주변에는 수많은 스켈레톤이 무리를 이루고 있었기 때문에 도망갈 구석이라곤 존재하지 않았다.

하지만 다크엘프들은 행여나 감시망을 뚫고 인간들이 도망칠까 봐 노심초사했다.

촤작, 촤작!

"크윽!"

"어서 움직여라! 죽기 직전까지 일하란 말이다! 그리고 만약 이 울타리를 넘는다면 내 권속들이 가만있지 않을 것이다!"

"…제기랄! 도대체 사람이 이런 분위기에서 어떻게 일을 하란 말이오?"

"먹고사는 일에 분위기가 왜 필요한가? 아직도 배가 부른 모양이군."

다크엘프들은 이계에서 온 인간, 즉 루야나든이라고 부르는 사람들을 멸시했다.

강수는 멀리서 그 모습을 지켜보며 깊은 한숨을 내쉬었다.

"정말 저들은 구제불능일까? 갱생의 여지가 없을까?"

"아주 없지는 않다."

그는 아르테미스를 바라보며 고개를 갸웃거린다.

"그런 방법이 있겠나?"

그녀는 처음 오크가 이곳에 왔을 때를 상기시켰다.

"생각을 해봐. 처음 오크와 고블린이 이곳에 적응할 때, 족장 크룩마저도 어린아이의 지능에 간신히 미쳤다. 하지만 지금은 어떻게 되었나? 아주 현명한 몬스터들의 족장이 되었지."

"흠……."

"생명은 원래의 환경에 적응하게 된다. 저들을 사막으로 내몰고 죽기 직전까지 몰아붙여. 그렇게 된다면 조금은 깨닫는 바가 있겠지."

"하지만 그 세월이 과연 얼마나 걸릴지 아무도 알 수가 없는데?"

"다 방법이 있지."

그녀는 자신의 손에 용언으로 된 책을 한 권 소환했다.

팟!

"이게 뭔가?"

"용족 대대로 내려오는 일종의 매뉴얼 같은 책이다. 이곳에는 용언으로 만들 수 있는 각종 초자연적 현상에 대한 것이 꽤 많이 나와 있다."

책에는 에이션츠 드래곤 아힌리히트의 인장이 찍혀 있었고, 그 필체 역시 아힌리히트의 것이 맞았다.

"이 책……."

"맞아, 그분께서 직접 저서하신 것이다. 그러니 너도 충분히 사용할 수 있다는 소리지."

"그렇군."

아르테미스는 용언의 책 중간을 펼쳐 강수에게 보여주었다.

"이게 바로 저들을 단련시킬 수 있는 가장 좋은 방법이 될 것이다."

"흠……."

강수는 그녀가 펼친 페이지를 자세히 들여다보았다.

시간과 공간의 결계

"시간과 공간을 마음대로 조정할 수 있는 방이라……."

"실제로 저 결계 속의 시간은 흘러가지 않는다. 그렇다고 공간이 바뀌는 것도 아니지. 그냥 그렇다고 느끼게 될 뿐이야."

"한마디로 시각과 정신을 지배해서 사람이 극한에 몰렸다고 생각하게 만드는 것이군."

"그래. 이를테면 일종의 정신지배마법이라고나 할까?"

"흠……."

"인간은 용언을 깰 수 없다. 아무리 작은 헤츨링의 용언이라도 인간이 어쩔 수 있는 것이 아니야. 그러니 한 일주일 동안 푹 그곳에 넣고 돌리면 진정한 해탈이 무엇인지 깨닫게 될 것이다."

강수는 이것이 가장 기발하며 안전한 방법이라고 생각했다.

"그래, 좋아. 이것으로 하지."

그는 결계에 필요한 재료들을 준비하여 루야나든을 훈련시키기로 했다.

*　　　*　　　*

이른 아침, 아시스는 강수와 독대를 갖고 있었다.

"…짐에게 시험을 내리겠다?"

"그렇다. 아무리 내가 네놈들에게 자비를 베풀고자 해도 내 동료들이 인정하지 않으니 어쩔 수가 없더군. 그렇다고 멀쩡한 사람들을 다 죽일 수도 없으니 일종의 절충안을 찾아낸 것이지."

"흠……."

"할 것인가?"

강수는 배리어 라인에 있는 사람들을 전부 사막으로 보내서 출구를 찾는 일을 시험 과제로 제안했다.

아시스는 루야나든이 나름 전문가가 모두 모인 집단이라고 생각했다.

그런 그에게 사막에서 길을 찾는 일쯤은 별것 아닌 일이었다.

"좋다, 그런 제안이라면 얼마든지 받아들일 수 있다. 짐은 물론이고 휘하의 귀족들도 아주 기꺼이 따를 것이다."

"그럼 이로써 이주 정책이 시작되었다고 볼 수 있겠군."

"잠깐, 하지만 우리가 시험을 통과하게 되면 무엇을 얻을 수 있는지 알려주지 않았다."

"공동 농장과 주거 지역을 마련해 주도록 하지. 지금의 혹독한 부역은 아마 없을 것이다."

"하지만 그것은 인간으로서 당연한 일 아니던가?"

"…뭐라?"

그는 아직까지 자신이 이 세상의 중심이며 그들이 세상을 지배하고 있다고 믿는 것 같았다.

강수는 고개를 가로저었다.

"받아들이기 싫다면 지금 이대로 노역이나 하면서 살아라.
그럼 난 이만……."

"자, 잠깐!"

"뭔가?"

"하, 하겠다! 하면 될 것 아닌가?"

"이제야 말이 좀 통하는군."

"언제부터 시험을 치르면 되겠나?"

"오늘 밤에 출발해라. 사막으로 나가 우리가 지정한 구역
에 도착하면 모든 시험은 끝나는 것이다."

"지도는?"

"지형지물이 나온 지도는 제공할 것이다. 하지만 워낙 환
경이 불안정한 곳이라 지도가 소용이 있을지 의문이군."

"상관없다. 우리는 천하무적의 기사단을 보유하고 있거
든."

"후후, 그래. 그 자신감 하나는 마음에 드는군."

강수는 이제 그에게 본격적인 시련을 내리기로 했다.

늦은 밤, 3만의 루야나든이 짐을 챙겨 광야로 나아갔다.

휘이이잉!

싸늘한 바람이 불어오는 광야이지만 그들의 얼굴에는 자

신감과 설렘이 가득했다.

아시스는 광야로 나아가기 전, 자신의 백성들에게 희망을 불어넣는 연설을 늘어놓았다.

"우리는 이계의 틈을 타고 이곳으로 왔다! 저들은 우리에게 인간 이하의 대접을 했지만 우리는 이성적으로 버텼다! 그리고 지금의 기회를 얻어낸 것이다! 이제 우리는 스스로 영지를 가꾸고 살아갈 수 있을 것이다! 그리고 종국에는 다시 대제국을 세워 과거의 영광을 되찾을 것이다!"

"와아아아아!"

"가자! 우리는 희망과 영광의 주인공이 될 것이다!"

"아시스 폐하 만세!"

"루야나드 만세!"

연이어 만세를 부르며 결계로 들어가는 그들을 바라보며 네르샤는 실소를 흘렸다.

"미친놈들이군. 며칠 후면 생고생에 눈물이 쏙 빠질 텐데 말이야."

"뭐, 그것도 저들의 운명 아니겠어요?"

엘레나는 자신들과 한 갈래이던 엘프를 바라보며 살며시 눈을 감았다.

"신이시여, 저들에게 그 어떤 역경과 고난보다도 더 지독한 시련을 내려주시옵소서."

"재청합니다!'

오늘 따라 유난히도 합이 잘 맞는 엘레나와 네르샤를 바라보며 강수는 씁쓸하게 웃었다.

"저들이 아무리 지독한 놈들이라고 해도 심보를 조금 고쳐 먹는 것이 어때?"

"…됐다. 그럴 바엔 차라리 접시 물에 코를 박고 죽는 편이 낫지."

"……."

이윽고 그들의 행렬이 결계에 모두 들어갔다.

이제 강수는 용언으로 그 결계의 끝을 봉인하여 체감 시간으로 무려 500년의 용언을 걸었다.

앞으로 저들은 광야에서 무려 500년이나 헤매면서 진정한 인간으로서 거듭나게 될 것이다.

* * *

미국 오레곤 주에 위치한 포틀랜드.

이곳에는 최초 스마트폰의 핵심 기술인 열전도 터치 기술의 개발자가 살고 있다.

딸랑, 딸랑!

"못 쓰는 물건 수거합니다!'

포틀랜드의 고물상은 모두 중소기업 이상의 규모를 갖추고 있지만, 이렇게 못 쓰는 물건을 수거해서 중고 물품으로 만들어 파는 사람도 종종 있었다.

하지만 그 활동량이 기업들에 한참 못 미치기 때문에 그 생활고는 이루 말할 수 없었다.

포틀랜드 출신의 공학자 존 에레슨은 열전도 터치패드를 개발한 벤처기업 사장이었다.

한때는 온 미국의 관심을 한 몸에 받기도 했지만 지금은 오렌지사에 회사를 빼앗기고 떠돌이 고물장수 신세가 되었다.

심지어 그는 왼쪽 다리가 불편해서 걸음을 걷는 데 지장이 있음에도 생계를 위해선 어쩔 수가 없었다.

하루 종일 거리를 돌아다니다가도 그가 걸음을 멈출 때가 딱 두 번 있는데 그것은 바로 10년째 그의 곁을 지키고 있는 노견 테리의 식사를 챙겨줄 때였다.

헥헥!

"배가 많이 고파 보이는구나. 일단 식사라도 좀 하고 가자꾸나."

컹컹!

이제는 나이가 너무 많아서 리어카에 실려 고물과 함께 거리를 떠도는 신세지만, 녀석은 지금껏 단 한 번도 주인의 속을 썩인 적이 없었다.

그나마 없는 살림에 개밥을 사는 것이 부담되긴 하지만 그래도 테리가 없었다면 지금쯤 그는 죽어 버렸을지도 모른다.

"쩝쩝."

거리에 앉아 부랑자처럼 개와 함께 식사를 하는 그의 얼굴에는 행복감이 가득했다.

"맛있지?"

헥헥!

한데 그런 그에게 요즘 근심거리가 하나 생겼다.

그것은 바로 테리의 눈에 조금씩 백태가 내려앉기 시작한 것이다.

개는 나이를 먹으면서 이런저런 잔병치레를 하는데, 그 대표적인 것이 바로 백내장이었다.

이제 테리는 서서히 앞을 보지 못하게 될 것이고, 결국에는 주인의 얼굴도 보지 못한 채 숨을 거두고 말 것이다.

백내장 수술은 그 상태에 따라 수술을 해서 나을 수도 있고 고칠 수 없는 경우도 있었다.

테리의 경우엔 수술을 하면 충분히 나을 수 있었지만 워낙 나이가 많은 노견이라서 수술비가 상당히 많이 나온다고 했다.

하지만 지금 사는 집의 월세조차 내기 힘든 상황에 테리의 수술을 시켜줄 여력이 있을 턱이 없었다.

그는 하루하루 시력이 나빠져 이제는 자신을 후각으로 찾을 수밖에 없는 테리의 턱을 만지작거렸다.

헥헥!

"미안하구나. 주인을 잘못 만나서 네가 고생이 많다."

컹컹!

서당 개 3년이면 풍월을 읊는다는 말이 있듯이 테리는 이제 주인의 몸짓과 눈빛만으로도 그의 심경을 다 알았다.

녀석은 걱정하지 말라는 듯 그의 얼굴을 핥았다.

헥헥!

"흑흑, 미안하다."

친구들은 물론이고 가족까지 그를 버렸을 때, 오로지 테리만은 그를 떠나지 않았다.

그는 그런 테리에게 너무 미안하고 고마운 마음뿐이었다.

식사를 하는 내내 개와 뒹굴면서 우정을 확인하던 그에게 한 쌍의 남녀가 찾아왔다.

"저… 혹시 에레슨 포츠머스 씨 맞습니까?"

"…네, 그런데요?"

"안녕하세요? 저희는 KS루한스 그룹에서 나왔습니다."

명함을 건네는 그들의 직함은 각각 개발이사와 영업이사였다.

그는 고개를 갸웃거렸다.

"이사 씩이나 되시는 분들이 저 같은 부랑자는 왜 찾아오셨습니까?"

"당신과 함께 일을 하고 싶어서요."

"…저 같은 퇴물과 무슨 일을 합니까?"

"오렌지사에 기술을 빼앗기고 다리마저 불편해졌다고 들었습니다. 그 인생이 얼마나 고달팠을지는 제가 굳이 듣지 않아도 알 것 같군요."

"……."

개발이사라는 그녀는 에레슨에게 흰색 봉투를 하나 건넸다.

"엿보려고 엿본 것은 아닙니다만, 개의 상태가 썩 좋지 않군요. 이것으로 일단 급한 불 먼저 끄시지요."

"…뭐요?"

"견종은 좋은데 햇빛을 너무 많이 받아서 백내장이 생겼네요. 지금 병원에 간다면 충분히 치료할 수 있을 겁니다."

"……."

그는 갑자기 자신에게 돈을 건네는 그들을 이해할 수 없다는 듯이 바라보았다.

"저에게 왜 이러는 겁니까? 갑자기 왜 이래요?"

"당신에겐 충분히 그럴 만한 가치가 있다고 생각했거든요."

"……."

"물론 이 돈을 거저 준다는 것은 아닙니다. 저희들과 함께 일하는 조건으로 드리는 겁니다."

"그러니까 내가 당신들과 무슨 일을 할 수 있다는 겁니까?
말이 되는 소리를 해야……."

"오렌지사를 무너뜨리는 겁니다."

"……!"

"당신이 당한 그대로 그들에게 되갚아주는 겁니다. 우리
역시 그 회사에게 진 빚이 좀 있거든요. 함께 놈들을 쳐부수
는 겁니다. 어때요?"

"말도 안 되는 소리요. 그들이 어떤 놈들인지 몰라서 하는
소리요."

"아니요. 잘 압니다. 그들이 얼마나 무식하고 그들의 뒷배
가 누구인지도 알아요. 하지만 두렵지 않아요. 우리도 그만한
거물들을 옆에 끼고 있거든요."

"거물?"

"어때요, 얘기나 한번 들어보는 것이?"

"……."

그의 눈동자에 조금씩 흥미가 생기는 것 같았다.

제3장
계란으로 바위 치기

끝이 보이지 않는 황야.

휘이이잉!

루야나든 일족은 무려 한 달째 같은 자리를 맴돌고 있는 신세였다.

"폐하, 아무래도 이 길이 아닌 것 같사옵니다."

"뭐라? 지도에는 분명 이 길이 맞는다고 나오지 않았나?"

"이미 그 지도는 신빙성이 없다고 판명되었사옵니다. 그 지도는 그만 버리시지요."

아시스는 이곳의 지형이 시시각각 변한다는 강수의 말을

상기했다.

"아니, 안 된다. 버리는 것은 안 된다. 언젠가는 이 지도와 같이 지형이 변할 날이 올 것이란 말이다."

"…폐하, 그놈이 우리를 죽이려 작정한 것이옵니다! 부디 그놈에게 주신 신뢰를 버리고 신들의 충정을 헤아려주시옵소서!"

"폐하!"

자신의 뜻에 반대하는 신하들의 주청에도 그는 아랑곳하지 않고 자신의 의견을 관철시켰다.

"이곳이다! 이번에야말로 길이 나올 것이다! 짐을 믿어라! 그대들을 위해 4억의 백성을 버린 나를 말이다!"

"……"

벌써 한 달이 넘도록 같은 말만 반복하고 있는 그의 신뢰도는 이미 바닥으로 떨어진 지 오래였다.

아마도 지금 이곳에서 그의 말을 곧이곧대로 믿는 사람은 없을 것이다.

계속되는 폭염과 추위, 거기에 목마름과 배고픔이 겹치니 당연히 불신이 싹트고 있었다.

"…폐하, 길을 돌리시지요."

"뭐라?"

"더 이상 우리의 아이들이 죽어나가는 것을 볼 수가 없사옵니다!"

"……."

"우리는 다 굶어 죽어도 좋습니다만, 아이들이 죽는다면 미래가 없사옵니다! 부디 통촉하여주시옵소서!"

지금까지 그가 내린 결단으로 인해 제국이 피해를 입은 적은 단 한 번도 없었다.

그는 루야나드 전 지역을 아우르는 철혈군주로서 마치 제국의 신처럼 군림해 왔다.

신이 하는 말을 어기면 그 누구든 죽음을 경험하게 될 것이다.

"…닥쳐라!"

촤락!

"크헉!"

"폐, 폐하! 어찌하여……?"

"짐에게 반기를 드는 자는 모두 다 이렇게 된다! 보았느냐! 나는 제국의 수호신이다! 수호신에게 불신을 품는 것은 죽을 죄를 짓는 것이다! 알겠느냐!"

"……."

"알겠느냐?"

"……."

이번에도 반응이 없자 그는 근위병을 한 명 더 베어버렸다.

퍼억, 촤락!

"쿨럭!"

"……!"

"죽일 놈들! 알겠느냐? 너희들은 그저 내가 움직이는 대로 따르면 되는 말에 불과하단 말이다!"

경외에 찬 눈으로 자신을 바라보던 신하들의 눈이 서서히 경멸로 가득 차고 있다는 것은 세 살배기 어린 아이도 충분히 알 수 있을 정도였다.

그는 더 이상 자신을 신처럼 떠받들지 않는 신하들에게서 이질감을 느꼈다.

'…빌어먹을!'

그 어떤 집단도 독선적인 리더는 배척받게 마련이다.

하지만 지금 여기서 그가 뜻을 굽히게 되면 황권은 무너지고 제국의 기틀은 다시 다질 수 없을 것이다.

"짐을 따르라! 그것만이 살길이다! 저 극악무도한 레비로스는 우리에게 분명 비옥한 영토를 약속했다! 그것은 용언에 건 맹약이다! 어길 수 있는 일이 아니란 소리다!"

"……."

"알겠나! 짐 없이 이 황야를 빠져나간다고 해도 결코 호의호식할 수 없을 것이라는 말이다!"

그제야 휘하의 병졸과 귀족들이 슬슬 그를 따르려는 움직임을 보였다.

"…성은이 망극하옵니다!"

"신들의 불충을 용서하여주시옵소서!"

가까스로 사태를 무마시킨 그는 다시 황야를 가로지르기 시작했다.

"경들의 충절은 이미 짐의 마음속에 갈무리되었다! 걸어라! 그리고 행복을 찾아 움직이자!"

"황제 폐하 만세!"

이미 충절과는 아무런 상관이 없는 신하들, 오로지 강수의 약속만이 그들을 움직이게 하고 있었다.

*　　　*　　　*

황야를 헤맨 지 어언 반년째.

이제 더 이상 무리에는 남은 식량이 없었고, 물은 벌써 떨어져 탈수로 쓰러지는 사람들이 속출하고 있었다.

"폐하, 아사자는 물론이고 탈수 증세로 죽는 사람이 속출하고 있습니다! 어찌해야 합니까?"

"……."

"폐하!"

가까스로 평정심을 유지하고 있긴 하지만 아시스 역시 더 이상 버텨낼 재간이 없었다.

도대체 이 광활하고 잔인한 사막에서 무엇을 찾을 수 있단 말인가?

그는 절망의 도가니에 빠져들고 말았다.

"…우리는 다 죽을 것이다! 다 죽을 것이란 말이다!"

"폐, 폐하?"

"죽는다! 크하하! 다 죽는단 말이다!"

아시스는 미친 듯이 광야를 뛰어다니며 몸에 두르고 있는 황금과 거추장스러운 장식들을 내던졌다.

그리고 품위를 지켜주던 의복과 예검마저 다 버리고 정신 나간 사람처럼 바닥에 몸을 비비기 시작했다.

슥삭, 슥삭!

이윽고 그는 불현듯 자리에서 일어나 하늘에 대고 외쳤다.

"이런 빌어먹을! 내가 졌소! 내가 졌으니 제발 비라도 좀 내려주시오! 부탁이오!"

"폐, 폐하!"

"내 영혼이라도 팔겠소! 제발 비 좀 내려주시오! 아니, 내려주소서!"

말투마저 고친 그의 정성이 하늘에 닿은 것일까?

쏴아아아!

"허, 허어! 비가 내린다!"

"와아아아아아!"

입을 벌리고 광야를 뛰어다니는 3만의 루야나든을 바라보며 아시스는 지금까지 자신이 무엇 때문에 이 광영을 좇았는지 후회막급이었다.

"…다 부질없다. 경들은 들으시오!"

"하명하소서!"

"이제부터 짐은, 아니, 나는 경들의 황제가 아니오! 황제라는 것은 그저 허울에 불과한 것이라오!"

"하, 하오나……!"

"그대들 역시 황제의 권력에 기대어 사는 귀족으로서의 자존심을 버리시오! 그래야만이 이 광야에서 살아남을 수 있소! 아시겠소?"

"……."

"아시겠소?"

"예, 폐하."

"아니, 폐하가 아니오! 이제부터는 나를 그냥 아시스라고 부르시오!"

이윽고 그는 팔을 벌리고 뛰어다니는 백성들의 대열에 합류했다.

"와하하하! 비다!"

"……."

불과 반년 만에 사람이 전부 다 바뀌기는 힘들 것이다.

하지만 적어도 아시스는 황제라는 허울이 자신에게 얼마나 큰 짐이고 어리석은 존재였는지 알게 되었다.

*　　　*　　　*

광야 생활 1년째.

이제 루야나든의 귀족들은 서서히 자신들이 걸치고 있던 예복을 버리고 금빛 장신구와 휘장도 모두 버렸다.

자신들은 귀족이며 밑바닥 천민들과 다르다는 권위의식을 버리고 드디어 태초의 인간으로 되돌아가고 있었던 것이다.

막대기를 들고 광야를 돌아다니고 있는 아시스, 그는 오늘 일용할 양식을 구하기 위해 도마뱀 사냥에 나섰다.

사사사삭!

"여기 있다!"

그는 꽤나 매서운 손놀림으로 도마뱀을 낚아챘지만, 역시 놈은 그리 쉽사리 잡히지 않았다.

"…쉽지 않군."

그나마 이 사막에서 먹을 수 있는 것이라곤 가뭄에 콩 나듯이 보이는 도마뱀과 방울뱀, 선인장뿐이었다.

만약 그마저도 없었다면 지금쯤 그들은 굶어 죽어서 형체도 찾아볼 수 없었을 것이다.

막막한 생계를 위해 불철주야 도마뱀 사냥에 열중하고 있던 그에게 문득 시원한 바람이 불어왔다.

휘이이잉!

"으음?"

도마뱀을 따라 하루 종일 돌아다니던 그가 무심코 고개를 들었을 때 도저히 두 눈을 뜨고 보고도 믿을 수 없는 광경과 마주하게 되었다.

쏴아아아!

그의 눈앞의 광야 한가운데서 솟아나고 있는 물줄기와 그를 타고 형성된 작은 초목 지대가 모습을 드러낸 것이다.

혹시나 하는 마음에 그는 자신의 얼굴을 손바닥으로 거칠게 내려쳤다.

짜악, 짜악!

"꾸, 꿈이 아니다!"

극심한 갈증에 시달리던 그는 미친 사람처럼 달려가 물줄기에 머리를 처박았다.

첨벙!

"꿀꺽꿀꺽! 크하! 무, 물이다! 시원한 물이다! 크하하하! 물이다!"

그는 이내 자신이 온 길을 되돌아가 3만의 부족에게 이 사실을 알리려 했다.

하지만 워낙 멀리 온 탓에 자신이 어떤 길로 왔는지 도무지 알 도리가 없어진 아시스였다.

"…난감하군. 도대체 내가 어느 길로 왔지?"

물에 머리를 처박고 나니 정신이 멀쩡하게 돌아왔고, 그는 이성적으로 자신의 흔적을 찾으려 노력했다.

그러나 이 황량한 사막에서 사람의 발자국을 찾는 것은 그리 쉬운 일이 아니었다.

그는 일단 자신의 몸에 줄줄이 매달고 있던 가죽 주머니에 물을 가득 채우고 가족들을 찾아 길을 떠났다.

늦은 밤, 아시스는 여전히 3만의 백성을 찾아 길을 헤매고 있었다.

스스스스!

모래바닥을 스치듯이 불어오는 차가운 바람에 살며시 몸을 떤 그는 목이 터져라 소리쳤다.

"으으, 으으! 거기 아무도 없습니까! 누구 없어요?"

이제는 자신과 같은 사람이라는 생각에서 벗어나 스스로가 가장 낮은 사람이라는 의식을 갖게 된 아시스였다.

그는 평생 단 한 번도 사용해 보지 않은 존칭까지 사용해 가며 광야를 헤매고 또 헤맸다.

하지만 하루가 다 지나고 해가 뜰 때까지 그의 눈앞에 가족들의 모습이 보이지 않았다.

"흑흑!"

황제라는 짐을 덜어내고 나니 그에게 남는 것이라곤 스스로 일군 가정뿐이었고, 그들을 위해서라면 무슨 짓이라도 기꺼이 하려던 아시스였다.

그런데 목숨과도 바꿀 수 없는 그들을 볼 수 없다는 생각이 들자 더 이상 견딜 수가 없었다.

"…제발 저에게 가족들의 얼굴만이라도 볼 수 있는 기회를 주십시오! 제발 부탁입니다!"

바로 그때, 아시스의 귀에 사람들의 인기척이 들리기 시작했다.

"…아시스! 아시스 님!"

"사, 사람!"

자리에서 벌떡 일어선 아시스는 목소리를 따라 미친 듯이 달려나갔고, 결국 10분 만에 일행과 마주할 수 있게 되었다.

"바, 반갑습니다! 정말 반갑습니다!"

"…이제야 오셨군요. 도대체 어디를 갔다가 이제야 오신 겁니까?"

"오, 오아시스를 찾았습니다! 내가 오아시스를 찾았다고요!"

"그러면 뭐합니까? 아시스 님의 일가족은 독사에게 물려 사망했습니다."

"뭐, 뭐라고요?"

순간, 그는 자신이 지금 무슨 소리를 들었는지 도무지 이해할 수가 없었다.

"뭐, 뭐에 물렸다고요?"

"독사 말입니다. 이 사막에서 당신이 주식처럼 매일 가족들에게 먹인 그 독사 말입니다. 그 독사가 가족들을 물어 전원 다 사망하고 말았습니다."

"……."

그는 자신의 허리에 빙 둘러 차고 있던 가죽 물병을 집어 던지곤 주검이 되어 누워 있는 가족들에게 달려갔다.

"여, 여보! 아, 아들들아!"

가족들을 위해 우물을 발견하고 이제 막 돌아왔건만, 그들은 싸늘한 시신이 되어 그를 맞았다.

이제 그에겐 그 어떤 희망도 남아 있지 않았다.

"흑흑! 여보!"

"…죄송합니다. 저희들이 잘 돌봐야 했는데……."

"흑흑, 흑흑!"

아시스의 서글픈 울음소리가 광야를 가득 채우고 있었다.

*　　　*　　　*

광야 생활 5년째, 아시스는 점점 가족들에 대한 기억 대신 3만 백성들의 모습을 머릿속에 채워나가고 있었다.

벌써 2개월째 오아시스 주변만을 맴돌던 그는 더 이상 이곳에서 안주하면 안 된다는 것을 깨달았다.

"이것은 신이 주신 시련이다. 이것을 헤쳐 나가려면 누군가 희생해야 한다."

그는 주변을 둘러보았다.

아이들은 오아시스에서 멱을 감으며 물놀이를 즐기고 있고 아낙들은 그 물에 빨래를 하고 마실 물을 저장했다.

남자들은 오아시스 주변에 살고 있는 작은 동물들을 잡아다 이곳에서 깨끗하게 손질하고 그것으로 저녁을 준비했다.

한마디로 이곳이 이들에겐 진짜 생활을 터전이 된 것이나 마찬가지였다.

'하지만 이곳에서 더 안주한다면 우리에게 돌아올 땅은 절대로 가질 수 없겠지.'

그는 3만의 백성들을 위해 결단을 내리기에 이르렀다.

"이곳을 떠납시다."

"……?"

"더 이상 이곳에서 안주하면 우리가 약속한 그 땅을 받을 수 없을 겁니다."

"왜 그곳으로 갑니까? 이곳에서도 우리는 잘 먹고 잘살고 있습니다. 조만간 이곳에서 농사를 지을 수도 있을 거라고요."

"하지만 그건 우리의 작은 바람일 뿐이죠. 생각을 해보십시오. 이 작은 땅에 3만이라는 사람들이 정착하고 살 수 있을 것이라고 생각합니까?"

"그렇다고 또 그 지독한 여정을 다시 반복하자는 겁니까? 이제 우리의 아이들이 이 광야에 적응하기 시작했습니다. 그런데 다시 그 험난한 길을 떠나자고요? 차라리 우리에게 죽음을 말하십시오."

아시스는 그들에게 자신이 희생하겠다고 말했다.

"내가 길을 찾아보겠습니다."

"…길을 찾아요?"

"가죽으로 물주머니를 만들어서 제가 이 광야의 끝이 어디인지 한번 찾아보겠습니다. 그동안 당신들은 이곳에서 아이들을 키우고 있으면 되는 겁니다. 어때요?"

한때는 황제이던 이시스이지만 이제는 한 민족을 이끄는 진짜 지도자가 되어 있었다.

그런 그를 따르겠다는 사람들이 하나둘 나오기 시작했다.

"저는 총각입니다. 당신을 따르겠습니다."

"저도요."

"저 역시 처녀입니다. 제가 당신을 보필하지요."

그렇게 하여 총 20명의 원정대가 모여들었고, 그는 다시 한 번 원정대 후보에게 참여 의사를 물었다.

"정말 나를 따를 겁니까?"

"물론입니다. 새로운 땅을 위해서 이 한목숨 바치는 것쯤은 아깝지 않습니다."

"…좋습니다. 함께 떠납시다."

이어 그는 남은 사람들에게 말했다.

"앞으로 무슨 일이 있을지 아무도 모릅니다. 그러니 이 보금자리만큼은 버리지 말고 반드시 지켜주십시오."

"물론입니다."

아시스는 이곳에 백성들을 남겨두고 20명의 원정대를 이끌고 출발했다.

*   *   *

원정 한 달 후, 그들은 지금까지와는 전혀 다른 곳에 도착했다.

"여긴……."

"다시 황야군요. 하지만 눈이 내린 흔적이 있어요."

지금까지 그들이 다닌 사막지대와 비슷한 면이 많았지만 이곳에는 분명 강이 흐르고 있었다.

그리고 그 뒤로는 드넓은 초목지대와 함께 굽이치는 하얀 설산이 길게 늘어서 있었다.

"드, 드디어 찾은 겁니까?"

"아니요. 아직 못 찾았습니다. 이 지도를 잘 보세요. 우리가 찾고자 하는 땅은 이 산맥을 무려 세 번이나 넘어야 합니다. 그러니까 우리는 이 지도가 이렇게까지 크다는 사실을 아예 까마득히 모르고 있었던 겁니다."

"세상에……!"

그는 이제 자신이 왜 이렇게까지 고생을 해왔는지 어렴풋이 알 것 같았다.

지금까지 그는 자신이 신이라고 생각하며 인생을 살아왔다. 그런 그가 이 굽이굽이 산맥 너머에 있는 땅에서 일반인으로 살아가자면 버려야 할 것이 한두 가지가 아니었을 것이다.

"…진짜 사람이 되기 위한 조건을 갖추는 것이 시험의 본질이었군."

"이젠 어떻게 합니까? 다시 무리를 이끌고 산맥을 넘어야 합니까?"

"진정한 고난은 지금부터입니다. 우리는 산맥을 넘을 겁니다. 그리고 결국엔 정착지를 얻게 되겠지요."

"…정착지!"

"그곳에선 집을 짓고 평화롭게 농사를 지으면서 살 수 있어요. 그것을 위해서라면 10년이건 20년이건 기꺼이 여행을 할 가치가 있습니다."

"좋아요. 그럼 지금 당장 주민들을 데리고 오겠습니다."

"그럼 우리는 이곳에 남아서 먹을 만한 사냥감을 잡아들이고 있겠습니다."

"그럽시다."

15명의 청년과 함께 초목지대에 남은 아시스는 오랜만에 초목지대를 뛰어다니며 사냥을 즐겼다.

한 달 후, 이곳을 떠난 다섯 명의 청년이 다시 돌아왔다.

하지만 그들은 이곳으로 데리고 오겠다고 다짐한 백성들을 데리고 돌아오지 못했다.

"…왜 다른 사람들은 오지 않았습니까?"

"오지 않겠답니다."

"뭐, 뭐요?"

"이제 막 그곳에선 물길을 만들고 농사를 짓기 시작했답니다. 척박하긴 하지만 그런대로 하루에 한 끼 정도 먹을 식량이 나올 것 같다고 하더군요."

"하지만 그건 그저 추측에 불과한 것 아닙니까? 아무리 그 곳에서 농작물이 자란다고 해도 약속의 땅을 버리자고요?"

"저도 그렇게 말했습니다. 하지만 그들은 우리의 말을 들을 생각도 하지 않았습니다. 오히려 우리를 박해하고 자신들 끼리 똘똘 뭉쳐 돌팔매질을 하기 바빴지요."

"……."

"어차피 그들은 글렀습니다. 그냥 우리끼리 가시죠."

그는 고개를 가로저었다.

"안 됩니다! 그곳에 있다간 모두 다 죽고 말 겁니다! 그 작은 물기둥 하나만 믿고 광야에 남겠다니, 말도 안 되는 소리입니다! 제대로 된 움막 하나 지을 수 없는 그런 땅에서 어떻게 3만이 살아간단 말입니까?"

"그렇지만 그들은 당신의 말을 듣지 않겠다고 했습니다. 그런 백성들을 끝까지 이끌 필요가 있습니까?"

청년의 질문에 그는 쉽사리 답을 할 수가 없었다.

"그, 그건……."

"당신을 따르지 않는 백성들입니다. 지금까지 우리가 살아올 수 있던 것도 모두 당신이 무리를 이끌었기 때문입니다. 그런데 그들은 이제 당신이 필요 없다고 말합니다. 이젠 당신이 없는 삶이 얼마나 고단한지 알아야 합니다."

그는 고개를 가로저었다.

"때론 나를 무시할 때도 있겠죠. 하지만 내가 이곳까지 데리고 온 백성입니다. 그들을 버릴 수는 없어요."

아시스는 다시 짐을 꾸렸다.

"내가 이곳까지 그들을 데리고 오겠습니다."

"하지만 당신의 말을 절대로 듣지 않을 겁니다."

"말을 듣지 않는다면 내 말을 들을 때까지 그들을 설득하면 됩니다."

"……."

"당신들은 먼저 떠나도 좋습니다. 하지만 어리석은 사람들이라고 그들을 비난하지는 말아주세요."

청년들은 오로지 대의를 위해 자신을 희생하겠다는 그를 바라보며 감동한 모양이다.

"좋습니다. 당신을 따르겠습니다."

"고맙습니다."

어쩌면 이런 그의 진정한 리더십이 황제 시절 무소불위의 권력보다 훨씬 더 위력 있는 것일지도 몰랐다.

* * *

늦은 밤, 미국 브룩클린에 15명의 옛 사업가들이 모였다.

이들은 미국 각지에서 부랑자처럼 살아가고 있었지만, 한

때는 IT산업의 유망주들이었다.

양희진은 이들을 한자리에 모아놓고 자신이 지금 준비하고 있는 것들에 대해 말했다.

"여러분이 가지고 계시던 기술력은 지금 오렌지사에 강탈되어 특허출원이 되어 있습니다. 하지만 그것은 미국에 국한되어 있을 뿐입니다. 외국에선 아직 정식으로 특허출원이 되지 않았어요. 만약 그렇다고 해도 원래 당신들이 이 기술의 원주인이었다는 것이 인정되면 막대한 자금을 뜯어낼 수 있습니다. 그리고 더 나아가선 회사를 되찾을 수도 있죠."

"하지만 그에 따른 위험부담은 다 어떻게 할 겁니까?"

"그건 걱정하실 필요 없습니다. 우리는 여러분의 신변 보호는 물론이고 소송에 들어가는 비용까지 전부 다 지원해 드릴 겁니다."

그들은 양희진의 설명에 몇 가지 의문을 품었다.

"도대체 우리에게 왜 이런 기회를 주는 겁니까? 단순히 잘못된 것을 바로잡기 위해서?"

"아닙니다. 단순히 그런 이유 때문만은 아닙니다. 우리는 오렌지사의 뒷배를 잡기 위해 큰 작전을 펼치고 있습니다. 지금 이 일은 그 작전의 아주 작은 일부에 불과하지요."

"흠……."

"여러분께 전혀 피해가 가지 않는다고 말씀드리긴 힘듭니다. 하지만 한 가지 확실한 것은 당신들의 잃어버린 세월을 다시 되찾을 수 있다는 겁니다."

"……!"

"저는 쓸데없이 정의나 외치는 사회운동가가 아닙니다. 그렇다고 자선사업가도 아니죠. 하지만 옳고 그른 것이 무엇인지쯤은 잘 알고 있습니다. 물론 그것을 깨닫는 데 너무 오랜 시일이 걸렸다는 것이 문제지요."

그녀는 15명의 원기술자들에게 곧 있을 소송에 대한 동의를 구했다.

"전 세계 45개국에서 동시에 재판을 벌일 겁니다. 전 세계적으로 소송을 벌이자면 그에 따른 스케줄 관리가 필요합니다. 그에 대한 비서와 경호원들을 제공해 드리지요."

양희진의 손짓에 따라 대략 150명의 인원이 우르르 밀실 안으로 들어섰다.

그리고 그 뒤에는 아직 다 들어오지 못한 엄청난 인원이 10열로 줄을 서 있었다.

"이들은 각 분야의 최고들입니다. 여러분이 재판에서 승리할 수 있도록 최선을 다해 도울 겁니다."

"…아주 철저하게 준비했군요."

"어차피 우리가 승리하지 못하면 저들이 우리를 죽일 겁니다. 그러니 당연히 총력을 기울여 싸워야지요."

"일리는 있군요."

"자, 그럼 최종적으로 묻겠습니다. 빠질 사람은 지금 빠지십시오. 이곳까지 온 경비와 소정의 수고비는 드리겠습니다."

"……."

"빠진다고 해도 아무도 뭐라 하지 않습니다."

재차 하는 그녀의 말에도 이곳에 모인 그 어떤 누구도 대답을 하지 않았다.

"됐소. 함께 갑시다. 어차피 끝자락에 선 인생, 잃을 것이 또 뭐가 있겠습니까?"

"맞습니다."

"그럼 모두 다 저와 함께 손을 잡으시는 겁니까?"

"네, 그렇습니다."

"감사합니다!"

이제 양희진을 필두로 45개국에서 동시다발적으로 벌어지는 사상 초유의 소송 전쟁이 시작되려 한다.

*   *   *

일본 하라주쿠의 한 고급 술집.

쿵쿵, 짝짝!

"하하! 벗어라!"

"호호호! 사장님 최고!"

제럴드 맥커널은 술집 여자들에게 돈을 물처럼 뿌리며 호탕하게 웃었다.

그런 그에게 달라붙은 여자들은 최대한 끈적끈적하게 웃음을 흘리며 그에게 돈을 요구했다.

"아잉, 사장님! 조금 더 화끈하게 놀면 안 돼요?"

"하하, 하하! 안 될 것 없지! 자, 먼저 벗는 년에게 이 돈을 다 주마!"

"와아아아!"

너나 할 것 없이 홀러덩 옷을 벗는 이 광경이야말로 제럴드 맥커널이 지금까지 손에 더러운 오물을 다 묻히면서 살아온 진짜 이유일 것이다.

하지만 그런 그의 속물 근성은 오히려 독이 되어 돌아왔다.

쿵쿵, 쾅!

"뭐, 뭐야?"

"꺄아아아악!"

"지금 세계 경제가 공황으로 향해가는 판국에 잘하는 짓이군."

옷을 홀러덩 벗고 나체로 놀고 있던 제럴드는 화들짝 놀라 술집 문을 열고 들어선 사내들에게 외쳤다.

"다, 당신들 뭐야?"

"뭐냐고? 술값 받으러 온 사람들이지. 어이, 중간 정산이야. 술값 내고 놀아."

"뭐, 뭐라고?"

"술을 처마셨으면 돈을 내고 놀라고."

그는 황당하다는 표정으로 지갑에 손을 가져다 댔다.

"…이곳은 장사를 아주 정신머리 없게 하는군. 마담 불러와! 계산 먼저 해줄 테니 경찰서로 가자고!"

"말이 많군."

이윽고 사내들은 그의 지갑에 들어 있던 카드를 리더기에 가져다 대었다.

삐빅!

그리곤 계산서에 나온 금액 그대로 리더기에 입력했다.

"자, 보이지, 56만 엔? 맞지?"

"그래, 맞군."

"자, 결제……."

삐비비빅!

"이런, 결제 오류가 뜨는군. 아무래도 카드의 한도가 다 되었거나 도난 카드인 것 같아. 다른 카드 없나?"

"쳇, 잠시만 기다려."

그는 다른 카드를 건넸지만 여전히 같은 현상이 반복되었다.

띠릭!

"…이 자식이 장난하나? 지금 무일푼으로 술을 처마시고 있던 거야?"

"그, 그럴 리가 없다! 좋아, 현금으로 하지! 56만 엔이라고?"

"그래, 현금으로 내면 더 좋고."

제럴드는 지갑과 주머니를 다 뒤져보았지만 현금이라곤 5만 엔이 전부였다.

"어, 어라?"

"큭큭, 그렇게 돈을 막 뿌려대니 남아나는 현금이 있을 턱이 있나?"

"그, 그렇다면 외상으로……."

"이 새끼가 지금 장난하나!"

퍼억!

"크헉!"

"공짜 술을 마셔? 정말 대가리가 어떻게 된 모양이군!"

"자, 잠깐! 때리지 말고 말로 하자고, 말로!"

"아주 지랄을 하는군. 말로 하면 돈을 갚을 수는 있고?"

"물론이다! 하루만 시간을 주면 반드시 갚겠다!"

"흠, 좋아. 그렇다면 차용증을 쓰도록 하자."

"차용증?"

"네가 우리에게 돈을 빌렸다는 차용증을 쓰고 내일 이 시간까지 돈을 갚지 못하면 손모가지 하나 자르기로 하지. 어때?"

"후후, 좋을 대로! 하지만 내가 내일 돈을 갚게 되면 아주 각오를 해야 할 것이다!"

"손님은 왕이다. 네가 돈만 갚으면 우리를 두들겨 패던 면상에 침을 뱉던 상관없다."

"그 말, 반드시 기억할 것이다!"

이윽고 그는 차용증에 지장을 찍고 친필로 서명까지 했다.

만약 이것을 변호사에게 공증 받는다면 법적인 효력이 발생하게 될 것이었다.

물론 돈을 갚기만 한다면 큰 문제가 없겠으나, 만약 갚지 못하면 돌이킬 수 없는 상황으로 몰리게 될 터였다.

하지만 그는 여전히 당당하기만 하다.

"…조심해라. 내가 누구인지 뼈가 저리도록 깨닫도록 해주지."

"기대하지."

그는 이내 자신이 타고 온 차를 타고 숙소로 향했다.

제4장
외통수를 치다

의문의 광야에서 5년을 보낸 후 아시스는 루야나든의 지도
자가 되었다.

이제 그는 권력으로 누군가를 부려먹는 독재자에서 진정
한 길라잡이가 된 것이다.

그는 3만의 백성 앞에서 자신의 의지에 대해 역설했다.

"우리는 이계로 왔습니다! 그리고 이곳에서 얘기치 못한
위기를 많이 만났습니다! 하지만 우리는 꿋꿋이 그 모든 위기
를 이겨내 왔지요! 도대체 당신들을 두렵게 만드는 것이 무엇
입니까? 미지의 땅에 대한 공포? 아니면 이곳에 남겨둔 미련?

도대체 뭐가 문제란 말입니까!"

"이제 더 이상 떠돌이 생활은 지겹소! 뭔가 더 확실한 것이 필요하단 말이오!"

"안정적인 생활을 원한다면 걸으시오! 걷다 보면 진짜 우리가 원하는 것이 무엇인지 깨닫게 될 것이오!"

"하지만 누군가가 죽을 수도 있겠지!"

"…그래, 누군가가 죽을 수도 있습니다. 내 가족은 뱀에 물려 죽었지요. 또한 누군가의 가족도 불의의 사고로 죽었습니다. 하지만 그만한 가치가 있었다고 나는 생각합니다."

"목숨과 바꿀 정도로 값진 것이 도대체 무엇이란 말입니까!"

"대의입니다. 그들은 우리가 이곳까지 오는 데 필요한 원동력을 제공하고 죽어간 겁니다. 만약 그들이 없었다면 우리는 지금 이 자리에 있을 수도 없을 겁니다. 내가 이 오아시스를 발견하고 왔을 때, 그들은 이미 죽어 있었습니다. 만약 제가 그곳으로 가지 않았다면 오아시스는 발견되지 않았겠지요. 하지만 그랬다면 우리는 다 죽었을 겁니다. 그렇지 않습니까!"

"흠……."

"가족이 죽는다는 것은 분명 슬픈 일입니다. 하지만 그렇다고 해서 모든 것을 포기해야 할 필요는 없습니다."

"뭐, 좋습니다! 그럼 이번 여행이 얼마나 걸릴지는 예상하고 있는 겁니까?"

"모릅니다."

"그렇다면 얼마나 많은 사람이 죽을지 알 수 있겠습니까?"

"그 또한 모릅니다."

"그런 무책임한 말이 도대체 어디에 있습니까!"

"하지만 확실한 것은 우리의 여정의 끝엔 반드시 그만한 가치를 지닌 무언가가 있을 것이라는 겁니다."

그의 역설에 사람들은 슬슬 동요하는 것 같았다.

"…좋습니다! 갑시다! 가다 보면 뭔가 나오겠지!"

"옳소!"

"갑시다!"

이시스는 이제 드디어 자신의 의지가 관철되는 것 같은 느낌을 받았다.

"우리는 반드시 성공할 겁니다! 내가 장담하지요!"

"이시스! 이시스!"

자신의 이름을 연호하는 사람들을 이끌고 머나먼 여정을 떠나게 된 이시스는 가슴속으로 기도를 올렸다.

'신이 만약 있다면 내 기도를 들어주시겠지. 그 머나먼 약속의 땅에 닿을 수 있도록 도와주십시오.'

드디어 루야나든 민족의 대이동이 시작되었다.

*　　　*　　　*

오아시스에서 무려 두 달 동안이나 여행하여 도착한 곳은 설산을 앞에 둔 초목지대였다.

비록 눈발이 조금씩 흩날리고 있긴 했지만 그래도 사람이 살 수 있는 최소한의 여건은 갖추어져 있었다.

물이 흐르고 녹지가 우거져 있다는 것은 사람이 먹고살 수 있는 식량이 충분하다는 얘기였다.

또한 사람들이 입을 의복을 만들 수 있다는 소리이기도 했다.

퍼억!

루야나든의 남자들은 초목지대를 종횡무진 누비며 식량으로 사용할 동물들을 사냥해 식량을 비축했다.

그리고 동물들의 가죽을 일일이 손질해서 사람들이 누워 쉴 수 있는 천막을 만들어냈다.

비록 동물의 털실과 뼈바늘로 만든 조악한 천막이었지만 바람과 냉기를 막아주는 데엔 더없이 좋은 역할을 했다.

휘이이잉!

눈보라가 몰아치는 밤, 아시스는 자신의 움막에 모인 20명의 젊은이와 앞으로 가야 할 길에 대해 논의했다.

"우리의 앞에 보이는 저 산을 넘으면 곧바로 두 번째 산맥이 보일 겁니다. 그 산맥의 기후가 어떨지는 아무도 알 수가 없으니 이곳에서 최대한 대비를 해서 가는 것이 좋겠습니다."

"흠, 하지만 이제 막 겨울로 접어들어서 사냥할 수 있는 동물이 별로 남아 있지 않습니다."

"필요하다면 주변의 이리 떼까지 전부 다 사냥합시다. 목숨을 걸고서더라도 조금 더 비축하는 편이 좋아요."

"알겠습니다."

그는 당장 자신이 먼저 움직여 사냥을 이끌기로 했다.

"나갑시다. 지금 당장 움직이지 않으면 사냥감을 놓칠 수도 있어요. 아까 보니 이리 떼가 숲 인근에서 울어대는 것 같던데, 놈들을 사냥할 수 있는 노하우를 가진 사람이 있소?"

"나할린 영지에서 온 기사가 원래 사냥꾼 출신이랍니다. 사냥꾼 생활을 20년이나 하다가 우연히 영지를 하사 받았다고 하더군요."

"아하, 나할린 씨 말입니까? 으음, 그분이 사냥꾼이었군요."

"뛰어난 사냥 솜씨로 유명했다니 한번 믿고 따라보시지요."

"예, 알겠습니다. 그럼 그분의 인도로 사냥을 나가도록 합시다."

원래 그는 자신의 휘하에 있는 영주들의 이름들은 거의 다 기억하지 못했다.

나라의 중역이 아니라면 굳이 이름을 외우고 그들을 대우해 줄 필요가 없다고 여긴 것이다.

하지만 가가호호 누가 사는지 전부 다 알고 있을 정도로 그는 섬세한 사람이 되었다.

늦은 밤이지만 그는 나할린의 움막을 찾았다.

똑똑.

"아시스입니다. 계십니까?"

"네, 들어오시지요."

여전히 아시스에게 깍듯한 나할린에게 아시스 역시 깍듯하게 대했다.

"어르신, 이리 사냥에 나서려 합니다. 조언을 좀 부탁드립니다."

"이리 사냥이라……. 제가 함께하도록 하지요."

"그래주시겠습니까?"

"가능하다면 호랑이까지 한 번에 사로잡으면 좋겠지요. 하지만 호랑이라는 녀석은 워낙 만만하지 않아서 잡힐지 의문이군요."

"좋습니다. 그럼 젊은 청년 400명을 동원해서 이 산을 이 잡듯이 뒤집시다. 그럼 뭐라도 하나 나오지 않겠습니까?"

"예, 알겠습니다."

이들은 원래 전부 다 귀족 출신으로 영지에서 기본적인 군사훈련과 검술을 배웠다.

활은 물론이고 창술까지 자유자재로 할 수 있으니 이리 떼나 호랑이를 잡는 일 정도는 누구나 할 수 있을 터였다.

이시스는 청년 400명을 동원하여 대대적인 이리 사냥에 나섰다.

＊　　　＊　　　＊

나흘 후, 이시스는 늑대 150마리를 사냥하여 그 가죽을 벗기고 고기를 저장하여 여행에 필요한 물품들을 충당했다.

천막을 지을 가죽을 구하고 고기를 말려 육포를 만든 아시스는 이제 거대한 설산을 넘기로 했다.

쐐에에에엥!

"크윽!"

"앞이 잘 보이지 않습니다!"

"이렇게 강력한 바람이라니! 잘못하면 사람들이 얼어 죽겠습니다!"

아시스는 설산이 무섭다는 것쯤은 익히 잘 알고 있었지만 이것을 몸소 체험해 본 적은 태어나 처음이다.

하지만 지도자인 그가 약하게 마음 먹게 되면 그 어떤 누구도 설산을 넘으려 하지 않을 것이다.

'내가 힘을 내야 한다!'

그는 지팡이로 무릎까지 푹푹 빠지는 눈길을 헤치며 외쳤다.

"지금 이 바람은 한쪽으로만 불고 있습니다! 산꼭대기를 기점으로는 분명 바람이 바뀔 겁니다! 그러니 조금만 더 힘을 냅시다!"

"그럽시다!"

앞에서 이끌어주는 사람이 있다는 것은 그렇지 않은 것과 천지차이다.

무려 3만 명의 사람들이 오로지 한 사람에 의지하여 산을 넘는다는 것은 무척이나 어려운 일이지만 이미 이시스는 이들에게 정신적인 지주가 되어 있었다.

이제 그가 없는 무리는 상상조차 할 수 없으며, 그 역시 희생과 봉사가 몸에 밴 진짜 지도자가 되었다.

휘이이잉!

"꺄악!"

"엘린!"

찬바람에 늑대 가죽으로 만든 옷이 날려가 버린 소녀가 그 자리에 주저앉고 말았다.

그러자 이시스는 뒤도 돌아보지 않고 그녀에게 달려가 자신의 옷을 벗어주었다.

"이, 이시스님?"

"입으세요. 잘못하면 얼어 죽어요."

"하지만 그렇게 되면 이시스님이 입을 옷이 없잖아요?"

"저는 괜찮습니다. 어차피 추위에는 익숙해져 있고 속옷을 따뜻하게 입었습니다. 그러니 걱정하실 필요 전혀 없어요."

"가, 감사합니다!"

그는 자신이 조금 더 많이 움직이면 될 것이라고 생각했다.

'그래, 이 어린 소녀가 고생하느니 내가 조금 더 고생하면 된다.'

이제 이시스는 자신보다는 무리를 생각하는 사람으로 거듭나게 되었다.

한 달 후, 무리는 무사히 설산을 넘을 수 있었다.

하지만 이시스는 동상으로 인해 손가락을 두 개나 잘라내야 했고, 발가락 역시 두 개나 잘라냈다.

그러나 이시스는 자신의 신체 일부가 사라지는 것을 경험하고도 여행을 멈출 생각을 하지 않았다.

오히려 자신의 나약함이 무리에게 폐가 될까 봐 한시도 가만있지 못했다.

"서쪽으로는 바람이 잘 불지 않는 것 같습니다. 또한 멀리서부터 연기가 나는 것을 보면 온천이 있을지도 모르겠습니다."

"온천이라······."

"잘하면 모두가 따뜻하게 쉴 수 있는 공간이 마련되어 있을지 모르니 조금만 더 힘을 냅시다."

"그러시죠!"

이제 무리는 고생이라는 것이 몸에 배어 조금의 휴식에도 감사하는 마음을 갖게 되었다.

이시스는 굳이 자신이 아니라도 이제는 무리가 알아서 잘 굴러가겠다고 생각했다.

'그래, 내가 없어도 잘 살아가게끔 만들어져서 다행이구나.'

그가 속으로 자신의 무리를 대견하다고 생각하며 감상이 젖어 있을 때, 어디선가 진동이 느껴지기 시작했다.

쿠그그그그극!

"어, 어어?"

"이, 이건 지진이 아닙니까?"

"지, 지진?"

순간, 설산에 한 차례 지진이 일어나며 꼭대기에서부터 눈사태가 일어나기 시작했다.

쿠그그그, 콰앙!

"허, 허억!"

"모두 피하십시오! 어서 서쪽으로 내려갑시다! 저쪽 협곡이라면 눈사태에도 충분히 살아남을 수 있을 겁니다!"

사람들은 재빨리 서쪽의 협곡으로 내려갔지만, 아직 어린 아이들은 빠르게 행동할 수가 없었다.

"으앙, 엄마!"

"가자! 아저씨가 함께 가주마!"

그는 어린아이들을 데리고 느린 걸음으로 달렸고, 눈사태는 어느 새 목전에 도달해 있었다.

쿠그그그그!

"이, 이런!"

아시스는 자신도 모르게 아이들을 품에 안았고, 눈사태는 그의 신영을 무자비하게 덮쳐 버렸다.

콰과과광!

순간, 그는 지금까지 자신이 살아온 인생에 대해서 되돌아보게 되었다.

'그래, 이 정도면 나쁘지 않은 인생이었다. 진즉 이 모든 것을 깨닫지 못한 것이 한일 뿐.'

이제 그는 자신의 가족들이 기다리는 저세상을 향해 가는 여정에 몸을 실었다.

　　　　*　　　　*　　　　*

아시스는 땀으로 범벅이 된 채 눈을 떴다.

팟!

"허, 허억!"

그는 재빨리 자리에서 일어나 자신의 몸을 더듬어보았다.

"사, 살았어?"

바로 그때, 그에게로 아내와 아들들이 달려왔다.

"아버지!"

"여보!"

"오오!"

이미 장성한 아들들이지만 아시스는 아들들에게 입을 맞추고 아내를 끌안았다.

"흑흑!"

"너무나 무서운 꿈을 꾸었습니다! 아버지가 돌아가시는 꿈을 꾸었어요!"

"…그래, 나도 그런 꿈을 꾸었단다."

잠시 후, 그들이 함께 모여 있는 방으로 강수가 들어왔다.

"어때? 꿈은 잘 꾸었나?"

"…당신이 나에게 주었던 시험은 어떻게 되었습니까?"

"후후, 잘 끝났다고 해두지. 3만의 사람이 전부 다 갱생되었으니 시험은 제대로 치른 셈이겠지?"

"다, 다행입니다."

그는 아시스에게 마지막으로 자신의 무리에 속할 수 있는 조건을 제시했다.

"이제 남은 마지막 과제에 대해서 알려주도록 하지."

"말씀만 해주십시오."

"다크엘프와 하이엘프들에게 무릎을 꿇고 사죄해라. 그리고 오크들과 고블린들에게도 감사의 인사로 무릎을 꿇어라."

아시스와 그의 가족들은 흔쾌히 그의 제안을 받아들였다.

"알겠습니다. 지금까지 저와 제 가족들이 저지른 일에 대해서 사죄하고 그것에 대한 용서를 구하겠습니다."

"그래, 처음부터 이렇게 되어야 할 일이었다."

"…알고 있습니다. 당신의 시험이 아니었다면 평생 깨닫지 못했을 일이지요."

인간은 시련을 겪고 났을 때 진정으로 거듭날 수 있다고들 한다.

이들 역시 강수에게 시련을 겪고 난 후 자신들이 무엇을 잘못하고 살았는지 깨닫게 된 것이다.

다음날, 이시스를 비롯한 3만의 루야나든이 합심하여 무릎을 꿇었다.

차라락!

그리곤 그 앞에 선 이시스가 머리를 땅에 찧으며 외쳤다.

쿵쿵쿵!

"죄송합니다! 제가 못나서 이런 불미스러운 일이 일어났습니다! 모든 민족이 한뜻이 되어 사죄합니다! 저희들의 사죄를 받아주십시오!"

"사죄합니다!"

사죄의 물결이 일었음에도 불구하고 네르샤와 엘레나의 화는 풀리지 않았다.

"흥! 그런다고 죄가 사라지는가?"

"앞으로 당신들을 대신하여 일하겠습니다! 시키는 일이라면 무엇이든 다 하겠습니다! 그러니 사죄를 받아주십시오!"

강수는 네르샤와 엘레나에게 이들이 갱생할 수 있는 기회를 주자고 제안했다.

"처음부터 시행착오 없이 살아가는 사람은 없다. 너희들이 우리 무리에 들어온 것처럼 저들도 역시 마찬가지다. 과오 없는 사람은 없어."

"하지만……."

"이제부터 저들 역시 우리의 시민이 될 것이다. 나는 저들을 수용해 줄 수 있는 땅을 알아볼 것이고."

"…너무 관대한 것 아닌가?"

"저들 역시 사람이다. 우리와 같은 고향 사람이고. 그런 저들을 무조건 박해할 수는 없는 일 아닌가?"

"……."

"아무튼 저들의 사과는 받아들이는 것으로 알겠다."

이제야 강수는 진정한 화합이 이뤄지는 초석이 다져졌음을 느꼈다.

＊　　　＊　　　＊

미국 연방법원에 신청된 15개의 고소장은 미국 전역을 들썩거리게 만들었다.

양희진을 필두로 모인 15명의 기술자는 자신들이 개발한 기술력이 하루아침에 오렌지사에게 강탈당했다고 주장했다.

오렌지사는 언론을 통하여 이것이 날조라고 주장했지만 여론은 그렇지가 않았다.

그렇게 주장하기엔 이들이 가진 증거들이 너무나 일목요연했고, 오렌지사는 부랴부랴 그것을 반박할 증거들을 찾아야 할 정도였다.

특히나 개발자 본인이 아니라면 결코 알아낼 수 없는 사안들을 이들이 알고 있다는 것이 가장 큰 문제였다.

양희진 측 변호사들은 언론에 이들이 개발한 기술이 어떻게 만들어졌는지 아주 상세하게 풀어서 설명했다.

"지금 보시는 이 노트가 바로 열 감지 센서가 개발될 때 사용되었던 겁니다. 보면 아시겠지만 프로토 타입이 얼마나 효율성이 떨어지며, 그것을 개선할 방법이 무엇인지 자세히 나와 있습니다. 하지만 저들은 다릅니다. 도대체 어떤 것이 맹점이며 그것을 보완하기 위해 어떤 조치를 취했는지 전혀 아는 바가 없습니다."

찰칵찰칵!

변호사가 하는 한마디 한마디가 이들에겐 기사거리가 될 것이고, 그것은 재판에 유리하게 작용할 터였다.

기자들은 마침 대기업을 깎아내릴 수단을 찾았다는 생각에 한껏 흥분하여 질문을 날렸다.

"그렇다면 오렌지사가 발표한 최초의 스마트폰은 어떻게 되는 겁니까?"

"날조로 인해 만들어진 가짜입니다. 원래 최초의 스마트폰은 이들의 손에 의해서 탄생되어야 했습니다!"

웅성웅성!

기자회견이 열린 지 10분 만에 이미 인터넷은 초토화가 되었고, 오렌지사의 인터넷 사이트는 폭주하였다.

이제 더 이상 언론플레이로는 사태를 수습할 수 없게 된 것이다.

이 모든 광경을 지켜보고 있던 양희진은 자신의 뜻대로 순조롭게 일이 진행되고 있다고 생각했다.

'하지만 조만간 저들이 거세게 반격을 해오겠지.'

그녀는 이쯤에서 또 하나의 사건을 터뜨려야겠다고 생각했다.

*   *   *

일본 도쿄의 한 지하 창고 안.

이곳은 한 줄기 빛조차 들어오지 않는 밀실이다.

"쿨럭쿨럭!"

제럴드 맥커널은 먼지가 자욱한 밀실에서 눈을 떴다.

그는 지끈지끈거리는 머리를 좌우로 흔들며 애써 정신을 가다듬었다.

"여, 여긴 어디지?"

술집에서 나와 지금까지 도대체 어디서 무엇을 한 것인지 아예 가늠조차 할 수 없는 제럴드 맥커널이다.

분명 숙소로 돌아가는 차에 몸을 실은 것이 그가 기억하는 마지막 기억이었다.

"그 이후엔……."

마치 술에 취해서 필름이 끊어진 것처럼 전혀 기억이 없었다.

그는 이 블랙아웃이 도대체 왜 생긴 것인지 이해할 수가 없었다. 그리고 또 왜 자신이 이곳으로 끌려온 것인지도 가늠조차 할 수 없었다.

"뭐, 뭐지?"

바로 그때, 지하실의 문이 열리며 차가운 밤공기가 들어왔다.

휘이이잉!

"어이, 잘 잤나?"

"다, 당신들은……!"

"빚지고 도망치더니 뻔뻔하게 잠까지 잘 처자더군. 그래서 어디 신용 사회에서 인정이나 받겠나?"

"……."

그들은 제럴드에게 핸드폰 액정을 보여주며 물었다.

"자, 이건 국제 표준 시간에 의거한 도쿄 표준 시간이다. 잘 보이나, 지금이 며칠인지?"

"……."

"잘 알 것이다. 어제 네가 술집에서 우리와 함께 각서를 작성했을 때가 며칠인지 말이야."

5월 24일.

그가 술집에서 여자들을 끼고 나체 파티를 벌였을 때가 5월 23일이니까 지금은 하루가 훌쩍 지나 있는 시간이다.

시간으로 따져도 24시간이 지났으니 분명 약속을 지켜지지 않았다고 볼 수 있었다.

그는 억울함을 토로했다.

"이, 이건 뭔가 잘못된 것이다! 당신들, 당신들이 나를 이곳에 가두었지?"

"맞아. 우리가 가두었지. 하지만 우리가 너를 가둔 것은 네가 돈을 갚겠다며 차로 들어가서 자빠져 하루 종일 자고 일어난 후다. 그전에 우리는 너에게 아무 짓도 하지 않았어."

"……."

"자, 그럼 약속대로 네 손모가지를 잘라 버리면 값이 맞겠군. 그렇지?"

"허, 허억!"

스릉!

야쿠자들은 일반인의 상식을 뛰어넘는 잔혹함과 엽기적인 범행 방식을 알고 있는 범죄 집단이다.

사람이 한평생을 살면서 야쿠자들과 엮일 일이 그렇게 많지는 않겠지만, 한 번 엮이면 상당히 골치가 아파진다.

더군다나 그들과 이해관계가 엮인다면 좋은 꼴로 넘어가

기는 힘들었다.

"내, 내가 잘못했습니다! 그러니 손목을 자르는 일만큼은 하지 말아주십시오! 흑흑!"

"이제 와서? 이상한 놈이군. 할 짓거리는 다 해놓고 살려달라니 말이야."

"큭큭, 그냥 자르시죠. 형님, 손목은 도끼가 잘 잘립니다."

"도끼 좋지. 손도끼 가지고 와. 빨리 자를 것 자르고 가서 술이나 마시자고."

"좋지요!"

마치 정육점 주인처럼 제럴드를 고기 취급하는 그들의 눈동자에는 살기가 일렁이고 있었다.

그는 자신이 가진 모든 것을 걸어보기로 했다.

"자, 잘못했습니다! 시키는 일이라면 뭐든지 다 하겠습니다!"

"정말? 정말 무엇이든 다 할 건가?"

"당연합니다! 이 세상 무엇이 손목보다 중요하겠습니까!"

"후후, 좋아. 애초에 그런 자세였다면 이런 불상사는 일어나지 않았을 텐데. 안 그래?"

"제, 제가 죄인입니다! 용서해 주십시오!"

"그래그래, 용서해 줄게."

"저, 정말이십니까?"

"하지만 조건이 하나 있다."

"마, 말씀만 하십시오! 그것이 어떤 것이든지 다 들어드리겠습니다!"

야쿠자들은 그에게 채권 양도 각서를 한 장 건넸다.

"소너스 그룹의 채권을 네가 가로챘다고 들었다. 그것을 우리에게 넘기면 손모가지는 살려주마."

"하, 하지만 그건 너무 불공평하지 않습니까! 무려 1천억 엔입니다! 그 엄청난 돈을 그냥 거저 넘긴다는 것과 무엇이 다릅니까!"

"아아, 그래? 네 손목보다 중요한 것은 없다고 방금 전에 네가 지껄인 것 같은데, 아니었던가?"

"무, 물론 중요합니다! 하지만 그것과 이것은 조금 다른 문제라고 생각합니다!"

"흠, 네가 그렇다면 그런 것이겠지."

"마, 맞습니다! 그러니 다른 조건을 새로 맞춰서……."

"어이, 도끼 가져와."

"예, 형님."

스릉!

이윽고 정말로 손도끼를 손에 쥔 그는 제럴드의 손등을 거침없이 찍어버렸다.

쾅!

"끄아아아악!"

"어이쿠! 이런, 도끼가 빗나가서 신경 다발을 비켜갔군. 다행히 신경은 끊어지지 않았어. 조만간 그 손모가지를 쓰지 못하게 되겠지만 말이야."

"사, 살려주십시오!"

"움직이지 마라. 잘못하면 네 손모가지 말고 모가지를 끊어 버리는 수가 있어."

"으아아아악! 사, 살려주십시오!"

손도끼 날이 손목 위에서 왔다 갔다 하는 동안 그의 바지는 축축이 젖어가고 있었다.

쉬이이이익!

"큭큭, 이 새끼 좀 보게? 사내자식이 손모가지 하나 잘린다고 오줌까지 지려? 이것 참 새가슴이로군."

"흑흑! 살려주십시오! 저는 새가슴입니다! 아니, 새대가리보다 더 못한 놈입니다! 그러니 제발 죽이지만 말아주십시오!"

"나는 너를 죽인다고 한 적 없다. 그냥 손모가지 하나 날린다고만 했지."

"……"

"양자택일해라. 손모가지가 날아갈래, 순순히 채권 양도 각서에 서명할래?"

"하지만 그곳에 서명하게 되면 제 목숨은 날아가게 됩니다! 앞으로 저는 더 이상 살아도 산목숨이 아니란 말입니다!"

"알아. 잘못하면 네놈이 죽는다는 것을 말이다. 하지만 지금 살아서 우리에게 보호 받으면서 차근차근 살길을 도모하는 편이 좋지 않겠어?"

"…당신들에게 보호를 받아요? 어떻게 말입니까?"

"다 방법이 있다. 네가 평생 먹고살 수 있는 돈과 땅을 주도록 하지. 하지만 우리를 따르지 않는다면 그런 호의는 물 건너가고 말 것이다."

"……."

"3초 준다. 지금 결정해."

"자, 잠깐."′

"하나, 둘!"

"하, 하겠습니다! 지금 당장 서류에 서명하겠습니다!"

"정말이냐?"

"무, 물론입니다! 당장 하겠습니다!"

이윽고 그는 떨리는 손으로 채권 양도 각서에 서명했다.

슥슥슥.

이제 소너스 사의 1조 원 채권은 야쿠자들의 손으로 넘어가게 되었다.

"잘했다. 이제부터 너는 우리가 지켜줄 것이다. 그러니 죽을 걱정은 하지 않아도 괜찮아."

"가, 감사합니다!"

그는 모든 것을 체념했다는 듯이 살며시 눈을 감았다.

제5장
찰나의 휴식

칭다오 아오산 만.

산둥성 내에서는 대부호로 알려져 있으며 중국에서 다섯 손가락에 들어가는 거부가 낚시 대회를 열었다.

강수와는 사업적인 관계에 있었는데, 사업 차 중국에 들렀다가 대회에 초대받게 되었다.

그렇지 않아도 낚시에 관심이 있던 차에 초대를 해주었으니 가지 않을 이유가 없었다.

아오산 만에 도착하여 강수는 다음날의 낚시를 준비하기로 하였다.

그는 배를 들여와 개조하고 있는 중이다.

어획량 탐지기와 미끼 냉장고, 물고기 저장고, 낚시 전용 물침대와 와이파이 전동기까지 가져다 놓았다.

낚시 대회에 관심이 있기도 하였지만, 그보다는 하루 정도는 쉬었다가 간다는 의미가 컸다.

"이 정도면 되었군."

강수는 그렇게 만들어놓고도 흡족한 미소를 지었다.

이제는 낚싯대를 만들어볼 차례이다.

낚싯대는 엔트 원목에 미스릴을 도금하기로 하였다.

엔트 원목은 생명을 불러들이는 역할을 한다. 또한 미스릴에는 신비한 힘이 담겨 있어 그것만으로도 물고기들의 관심을 불러일으킬 것이다.

여기서 끝이 아니었다.

낚싯바늘은 오리하루콘, 낚싯줄은 골렘의 힘줄로 만들었다. 그 때문에 절대 부서지거나 끊어지지 않을 것이다.

강수의 낚싯대와 배는 보기만 하여도 꽤나 웅장한 멋을 자아내고 있었다.

"배가 아주 멋지네요."

"그렇습니까? 저는 허름하다고 생각했습니다만."

눈앞에는 검은 생머리의 미녀가 서 있다.

그녀는 호기심 어린 얼굴로 서 있었는데, 강수는 이 여자가 대부호 왕만호의 딸인 왕진설이라는 사실을 알고 있었다.

그 때문에 더욱 큰 호기심을 자극했다.

"움직이는 휴양 시설입니다. 배 위에서 회를 뜨는 것도 꽤 나 큰 낭만이지요."

"오호!"

"내일 있을 낚시 대회가 기대되는군요."

"아버님께서 당신이 사업에 중요한 파트너라고 하셨습니다. 오늘 여러 가지 안내를 하라고 명령하셨고요."

"그렇게까지 해주실 필요는……."

"아버지가 운영하시는 호텔로 가시죠?"

"그렇다면야."

강수는 그녀의 에스코트를 받기로 하였다.

왕만호가 운영하는 J호텔.

6성급 호텔은 왕만호가 최근 인수를 한 곳이다.

그녀가 들어오자 직원들이 인사를 했다.

"어서 오십시오, 아가씨!"

"오늘의 VIP입니다. 최대한 잘 대접하도록 하세요. 이 일에 따라서 회사의 이미지가 달라질 수 있습니다."

"알겠습니다!"

그녀는 강수를 과도하게 포장하였다.

사람들이 달려와 강수의 짐을 들어주었다.

"이러실 필요는 없습니다."

"아닙니다. 이렇게 하지 않으면 저희는 밥줄이 끊깁니다."

"그것참."

강수는 머리를 긁적였다.

이렇게까지 배려를 해주는데 그냥 보낼 수는 없는 일이었다.

꼭 그녀를 작업해야겠다고 생각하는 것이 아니라, 그저 술이나 식사 정도는 대접을 해주어야겠다고 생각했다.

"아직 식사 전이라면 식사하시겠습니까?"

"좋죠."

그녀는 옅게 웃었다.

강수와 왕진설은 스카이라운지로 향했다.

아오산 만이 한눈에 내려다보이는 스카이라운지에서 그들은 식사를 주문했다.

투명한 유리관 너머의 전경이 꽤나 좋았다.

스테이크가 나오자 강수는 값비싼 와인을 시켰다.

"드시지요."

쪼르르르륵!

와인이 잔에 담긴다.

강수는 와인을 한 모금 머금었다.

"요즘 회장님의 사업이 꽤나 잘 되신다고 들었습니다."

"그야 다 회장님 덕택이지요."

"저요? 아닙니다. 저는 한 일이 없습니다."

왕만호 회장이 강수의 덕을 보고 있는 것은 사실이지만 서로 윈윈하는 관계로 여러 사업 파트너 중 한 사람일 뿐이었다.

다만 강수가 이렇게 신경을 쓰는 것은 상대방이 그만큼 신경을 써주었기 때문이다.

"한잔하시죠."

챙!

강수와 그녀는 잔을 부딪쳤다.

"가능하다면 내일 회장님의 배에 승선할 수 있을까요?"

"제 배에요?"

"호기심이 생겼거든요."

"딱히 안 될 이유는 없습니다만……."

"그럼 회장님의 배에 승선하도록 할게요."

"……."

그녀의 추진력은 대단하였다.

강수는 어쩔 수 없이 고개를 끄덕이고 말았다. 그녀를 자신의 배에 태우기로 한 것이다.

깊은 어둠이 내렸다.

밤이 되어 강수는 샤워를 하고 잠자리에 들기로 했다.

촤아아아!

뜨거운 물줄기가 떨어진다.

강수는 오늘 만난 왕진설에 대해 생각하고 있었다.

"꽤 당돌한 여자로군."

호기심이 자극되는 여자임에는 틀림없었다.

당돌하였으며 자신이 하려고 하는 일은 무조건 쟁취하고 말았다. 매우 친절하고 고집도 셌다.

"후후후."

강수는 샤워를 마치고 머리를 말렸다.

이곳에서 왕진설과 엮이려고 하는 것은 아니다. 그저 추억으로 남기고 싶은 것뿐이다.

강수는 눈을 감았다.

'내일이 기대되는군.'

*   *   *

이른 아침.

강수는 일찍 일어나 항구로 나왔다.

웅성웅성!

항구에는 새벽부터 사람들이 나와 준비를 하고 있었다.

대회의 상금이 무려 100만 불이다. 그러니 다들 낚싯배를 대절하여 개조하기를 서슴지 않았다.

낚시에 대한 룰은 간단했다.

무엇을 어떻게 하던 하루 동안 가장 큰 고기를 잡는 사람이 이기는 대회였다. 그러니 고기의 숫자는 상관이 없었다.

단 한 마리의 큰 고기를 제출하면 되었다.

첨단 장비에 미끼도 발달하였다.

강수는 대회를 앞두고 미끼를 준비했다.

미끼는 이계의 지렁이로 워낙에 생명이 질겼다. 크기는 미꾸라지보다 크기에 작은 물고기는 물지 못한다.

큰 물고기 중에서도 1미터 급은 되어야 시도할 수 있는데, 웬만한 물고기들은 되레 이계지렁이에게 당할 가능성도 있었다.

즉 강수는 이 지렁이로 미터급 이상의 고기를 노릴 수가 있는 것이다.

아침부터 신경전이 꽤 날카롭게 진행되고 있었다.

"이런 젠장!"

웅성웅성!

강력한 우승 후보로 지목되고 있던 황보숭의 배가 망가져 있었다. 정확하게 말하면 엔진에 낚싯줄이 감겨 있는 것이다.

곧 있으면 대회가 시작된다.

'누군가가 고의적으로 한 것이로군.'

강수는 대회가 꽤나 살벌하다는 것을 느꼈다.

이곳에서는 피도 눈물도 없었다. 역시 많은 돈이 걸려 있으니 음모가 판을 치고 있었다.

"일찍 오셨네요."

"아가씨 오셨군요."

"아가씨가 뭐예요? 그냥 편하게 부르세요."

"험험, 그러지요, 진설 씨."

그가 왕진설과 이야기를 나누고 있을 때, 대회의 주최자인 왕만호가 등장했다.

그는 사람들과 악수를 나누며 이곳으로 오고 있었다.

"어서 오시게."

"초대해 주셔서 감사합니다."

"허허허! 중요한 사업 파트너인데 당연한 일 아닌가?"

강수는 왕만호와 악수를 나누었다.

그는 180센티미터가 넘어가는 다부진 체격의 사내이다.

평생 동안 운동을 해서인지 눈에서는 정광이 넘쳐흘렀다.

"우리 딸을 거두어주어 고맙구먼."

"거두다니요? 무슨 말씀을 하시는 겁니까?"

"결혼을 한다는 것 아니었나?"

"뭐라고요?"

"농담일세."

"허어, 무슨 농담을 그리하십니까?"

강수는 가슴을 쓸어내렸다.

왕만호에게 과년한 딸이 있다는 사실은 누구나 알고 있다. 그 때문에 신분 상승을 꿈꾸는 사람이라면 그녀에게 관심을 쏟는 것은 당연한 일이었다.

물론 강수는 그럴 생각이 없었다.

"친구가 되었다고 들었네."

"그건 그렇습니다."

"잘 부탁하네."

그는 강수에게 알 듯 말 듯하게 이야기하였다. 물론 무엇을 원하지는 알 길이 없었다.

─곧 대회가 시작됩니다. 선수들은 자리를 잡아주시기 바랍니다.

"꼭 우승하길 바라네."

"노력해 보겠습니다. 오늘은 그저 아가씨가 즐거워하면 되지 아니겠습니까?"

"좀 더 잘되면 좋고. 허허허허!"

"험험, 이만 가보겠습니다."

강수는 배에 시동을 걸었다.

타다다다다!

배가 바다 위에 띄워졌다.

강수가 탄 배는 거침없이 나아갔다.

그것은 다른 사람들 배도 마찬가지였다. 대부분은 어군탐
지기를 달고 있었기에 어디에 어떤 종류의 고기가 있는지 잘
알고 있었는데, 심지어 강수는 거기에 잠수경까지 설치했다.

"어디 보자."

지이이이잉!

강수는 직접 잠수경을 내렸다.

잠수경은 어군탐지기보다 훨씬 발달된 형태의 기기이다.
아예 바다 속을 들여다볼 수가 있는 것이다.

갯바위 부근이라 농어가 꽤 많았다.

농어도 크면 1미터가 넘는다. 그러니 이쯤에서 낚싯대를
드리워도 될 것 같았다.

첨벙!

강수는 낚싯대를 드리워 놓았다.

낚시의 쟁점은 크기였다. 어차피 피라미는 잡아보았자 쓸
데가 없었다. 모두 버려야 할 판이다.

덜컹!

얼마 지나지 않아 입질이 왔다.

탐지기를 보니 바닥에 농어가 깔려 있다. 아마 놈들은 엔트 나무가 뿜어내는 생명력에 이끌려 이곳으로 온 것이리라.

거대한 갯지렁이를 달았으니 물려도 미터 급은 될 것이라고 생각했다.

"웃차!"

낚싯대가 부러질 듯이 휘었다.

강수는 지금까지 낚시를 하면서 이렇게까지 낚싯대가 휘어진 것을 보지 못하였다.

"최소한 미터 급이다."

강수는 고기와 씨름을 했다.

낚시의 관건은 고기와의 체력 싸움이었다. 당기고 풀기를 반복하고 고기의 힘이 빠졌을 때 완전히 제압해야 한다.

얼마 지나지 않아 거대한 몸체를 가진 녀석이 모습을 드러냈다.

"와아!"

그녀는 놀람을 자아낸다.

하기야 강수도 이만한 고기를 보기가 힘들었는데 그녀라고 오죽할까 싶었다.

강수는 뜰채로 농어를 떠낸다.

"1미터 15입니다."

"엄청 큰 것 아닌가요?"

"물론 크지요. 하지만 이 정도로는 우승할 수 없습니다. 탐지기에 별의별 미끼를 쓰는 사람들이 많을 테니까요. 상어를 잡지 않으면 다행이지요."

"설마요."

"설마가 아닙니다. 그 정도는 되어야지요."

강수는 거대한 고기에 대한 열망이 있었다.

'참치 정도는 잡아주어야 하나?'

낚시로 참치를 잡는 것도 불가능한 일은 아니었다.

참치잡이 장인들은 대개 낚시를 이용했다. 거대한 배를 이용하지 않는 이상은 그것을 업으로 살아가는 사람도 많았다.

강수는 이곳에서 낚시를 하다가 포인트를 이동해야겠다고 생각했다.

*   *   *

점심 무렵이었다.

꼬르르륵.

뱃속에서 소리가 난 것은 왕진설이었다.

강수는 사실 밥을 먹지 않아도 상관이 없었는데 왕진설은 아니었다.

그녀는 얼굴을 붉혔다.

"죄송해요."

"무슨 말씀입니까? 사람이 먹고사는 것은 당연한 일이지요. 오히려 제가 죄송합니다. 너무 제 생각만 했군요."

강수는 메뉴를 고민했다. 왕진설은 입맛이 꽤나 까다로울 것이다. 어떤 것을 먹이더라도 입맛에 맞을 리가 없었다.

최고급 호텔 요리를 매일 먹을 정도이니 웬만한 것으로는 그녀의 입맛을 충족시키기 어려울 것이다.

강수는 라면을 생각해 냈다.

선상 위에서 끓이는 라면은 산해진미에 비할 바가 아니다. 게다가 오늘은 해산물 라면이다.

강수는 원래 로브스타를 준비해 왔다. 바다 위에서 먹는 로브스타도 꽤 괜찮을 것이라 여긴 것이다. 하지만 그보다는 역시 한국의 라면이었다.

보글보글!

물이 끓자 강수는 로브스타를 통째로 넣었다. 그리고 그곳에 스프와 면을 넣었다.

사방으로 맛있는 냄새가 퍼져 나갔다.

"냄새가 대단하네요."

"라면입니다."

"한국의 라면이 대단하다고는 들었지만, 이 정도일 줄은 몰랐어요."

"맛은 더 기가 막힙니다."

아마 그녀는 배가 고팠기에 그러는 것이라고 생각하였다. 사실 배가 고프면 어떤 음식이라도 맛있는 법이다.

라면은 꽤나 자극적이라 배가 고플 때에는 안성맞춤이다.

얼마 지나지 않아 면이 익었다.

"드세요."

후루루룩!

그녀는 국물부터 맛보았다.

"와아!"

그리고 터지는 탄성.

강수 역시 국물을 맛보았다.

"와아!"

"호호호호!"

그녀가 강수의 반응을 보며 웃었다.

강수 역시 맛이 이 정도일 것이라고는 상상을 하지 못했다. 그야말로 끝내주는 맛이었다. 여기에 빠질 수 없는 것이 바로 소주였다.

강수는 소주를 그녀의 잔에 따라주었다.

"드십시오."

"한국의 술인가요?"

"맞습니다. 세계에서 가장 판매량이 높은 술이지요."

수많은 종류가 있는 맥주를 제외하고 소주의 판매량이 세계에서 가장 높았다. 그만큼 소주가 잘 팔린다는 뜻이다.

한국이라고 떠올리면 무조건 소주였다.

"크으, 좋군요."

"후우, 생각보다 독하지는 않군요."

"물론입니다. 중국의 고량주에 비할 바는 아니지요. 하지만 소주를 마시면 음식의 감칠맛이 납니다."

강수는 로브스타의 머리를 떼어내 그녀에게 내밀었다.

"들어보세요. 라면 국물이 짭짤하게 배어 있을 겁니다."

그녀는 로브스타의 살을 떼어 먹었다.

왕진설의 눈이 번쩍 뜨였다.

"엄청난데요?"

최고급 호텔 요리에 길들여져 있는 왕진설은 연신 감탄했다. 사실 라면은 MSG 덩어리라 볼 수도 있었다.

그녀는 MSG에 길들여져 있지 않으니 그렇게 맛있다고 느끼는 것일 수도 있었다. 로브스타에 MSG를 가미하는 호텔은 거의 없을 것이다.

어쨌거나 강수는 맛만 있으면 장땡이라고 생각하였다.

한 병 정도 마시자 조금씩 취기가 올라오는 것 같았다.

"그럼 본격적으로 낚시를 해보도록 할까요?"

"좋죠."

강수는 자리를 이동했다.

부아아아앙!

강수와 왕진설이 타고 있는 배는 거침없이 바다로 나아갔다.

사방 5킬로미터 이내라는 규칙이 있으므로 강수는 그 한계선까지 나가기로 하였다.

충분히 깊었지만 그렇다고 참치가 산다고 장담할 수는 없었다.

강수는 대회에서 우승하려면 거대한 참치 정도는 되어야 한다고 생각했다. 그것을 낚시로 잡아야 하니 웬만한 사람은 상상도 하지 못할 것이다.

강수의 주변에는 아무도 없었는데, 그는 이계에서 세이렌은 소환하여 근처에 두었다.

세이렌은 강수와 은밀하게 교신하였다.

[참치를 불러 모으도록 하라.]

[알겠어요.]

세이렌이 노래를 불렀다.

아름다운 노래였으나 바닷바람과 섞여 기묘한 소리를 연출하고 있다. 바다가 울고 있었는데 그 톤이 달랐다.

왕진설은 눈을 감았다.

"으음······."

"좋은 소리가 나는군요."

"오늘 오기를 잘했다는 생각이 들어요."

왕진설은 자신도 모르게 속이야기를 강수에게 하고 있었
다. 아마 그것은 분위기 탓이 클 것이다.

왕진설은 올해 29살로 노처녀 소리를 듣고 있었다. 집안에
서도 시집을 가라고 부추겼고, 그 때문에 선을 보는 강행군이
이어지고 있었다.

최근 왕진설은 굉장한 스트레스 속에서 살아가야 했다. 결
혼을 하라고 시도 때도 없이 압박을 넣는다면 누구라도 견딜
수 없는 고통으로 다가올 것이다.

"저도 같은 남자입니다만."

"다르죠. 당신은 제 친구잖아요? 그렇지 않나요?"

"물론입니다."

"사랑하는 사람도 있다고 들었어요. 유명하시던데요?"

"후후, 맞습니다."

"우리는 이렇게 친구로 지내도록 해요."

강수는 고개를 끄덕였다.

왕진설과 같이 맑은 영혼의 친구가 있는 것도 나쁘지 않겠
다는 생각이 들었다. 중국에 올 때에는 그녀와 함께 술을 마
셔도 좋을 것이다.

덜컹!

"······!"

그들이 담소를 나누고 있을 때, 배가 흔들릴 정도로 엄청난 진동이 일었다. 낚싯대가 딸려 나갔으며, 강수는 그것을 잡고 있어야 했다.

강수는 엄청난 충격을 받고 있었다.

"대물입니다."

"아까보다도 대물인가요?"

"아까보다 더 큰 놈입니다. 이만한 놈이 살고 있었다니······."

강수는 혀를 내둘렀다.

아마 참치가 잡힌 것 같았다.

손으로 참치를 잡는 사람도 있었지만 대부분 기계를 이용했다. 하지만 이번 대회에는 기계로 고기를 끌어올리는 것은 금지되어 있었다. 낚시 대회였기에 오직 낚시로만 고기를 끌어올려야 하는 것이다.

강수는 놈과 사투를 시작했다.

펄떡!

물속에서 맥동을 하는 것이 느껴졌다.

미터 급이 넘어가는 참치는 무게만 하여도 수백 킬로에 이른다. 그러니 오늘 놈과의 사투에서 승리한다면 우승은 따놓은 당상이었다.

강수는 세이렌을 돌려보냈다.

지금 걸려 있는 참치 한 마리에 사활을 걸 것이다.

퍼억!

낚싯대가 흔들려 바닥을 쳤다.

강수는 자신도 딸려 나갈 뻔하였지만, 마법을 사용하여 몸과 배를 안정시켰다.

'어쩔 수가 없군.'

강수는 일반적인 방법으로는 놈을 끌어올릴 수가 없다고 생각하였다. 그렇다면 방법은 하나였다.

강수는 정령을 소환하여 참치에게 일치시켰다.

첨벙!

참치가 수면 위로 올라왔다.

강수는 작살로 참치의 머리를 찍었다.

퍼어어억!

"와아아!"

그리고 터지는 함성.

바다 위가 피범벅이 되었는데, 그것은 참치의 피였다.

강수는 식은땀을 흘렸다.

"잡힌 것 같군요."

"축하드려요. 아무래도 오늘 우승은 당신인 것 같네요."

"후후후, 감사합니다."

강수는 미소를 지었다.

오늘 참치를 불러들인 것부터 시작하여 편법을 사용하였지만 그래도 상관없었다. 편법도 실력이라고 강수는 생각하였다.

슬슬 해가 저물어가고 있었다.

"돌아가야 할 때입니다."

강수는 참치를 뒤에 매달고 항구로 들어가기로 하였다.

탈탈탈탈!

항구로 들어오는 길이다.

낚시꾼들의 시선이 강수의 배에 고정되어 있다.

다른 사람들은 배 안에 고기를 싣고 왔지만, 강수는 그럴 수가 없었다. 너무 고기가 컸기에 배 뒤에 매달고 와야만 했다.

강수가 잡은 고기는 2미터가 넘었다. 거기에 무게는 500킬로그램에 육박했다. 그것을 낚싯대로 잡았다는 것 자체가 기적이었다.

웅성웅성!

"저게 말이 되는 일인가?"

"사기 치는 것이 아닐까?"

강수가 참치를 잡아오자 심사원들은 배 내부에 설치가 되어 있는 블랙박스 영상을 공개하였다.

그곳에는 강수가 참치와 실랑이하는 모습이 그대로 담겨 있었다.

퍼어억!

그가 작살을 사용하여 참치를 잡았을 때에는 모두가 탄성을 내질렀다.

"와아! 저것이 가능한 것이었군!"

"괴물 낚시꾼의 등장이구먼!"

사람들은 혀를 내둘렀다.

이렇게 큰 물고기를 잡는 것은 사실상 불가능한 일이었다. 상식적으로 이보다 큰 참치는 배로도 잡기가 힘들었다.

왕만호는 직접 앞으로 나와 수상을 진행했다.

"오늘의 우승자는 바로 500킬로 급의 참치를 낚시로 잡은 이강수입니다!"

"와아아아!"

사람들은 환호하였다.

강수는 100만 불이라고 쓰여 있는 피켓을 들고 고개를 숙였다.

"감사합니다."

"도대체 어떻게 이 참치를 잡은 겁니까? 노렸습니까?"

"운이 좋았던 것이지요."

"그렇다면 당신은 이 세상에서 가장 운이 좋은 사내로군요."

강수는 어깨를 으쓱였다.

그는 오늘 잡은 참치를 기증하고 낚시에 참여한 사람들과 파티를 하기로 하였다.

*　　　*　　　*

이제 집으로 돌아갈 때가 되었다.

강수는 공항으로 나와 있었다. 오늘 안으로 돌아가야 다음 스케줄에 맞출 수 있었다.

강수가 가는 길에는 왕진설이 배웅을 나와 있었다.

"잘 가세요."

"진설, 다음에 또 보도록 합시다. 그때에는 둘이서 낚시를 가는 것은 어떤가요?"

"좋지요."

왕진설은 흔쾌히 수락했다.

사실 강수와 왕진설은 꽤나 깊은 우정을 나누고 있었다. 잘 못하면 그것이 애정으로까지 발전할 수 있을 정도였다.

강수가 그녀에게 관심을 표현한다면 곧바로 인연으로 이어질 수도 있는 상황이었다. 한국에서는 이런 상황을 보고 썸을 탄다고 했다.

'내가 저 여자하고 썸을 타는 건가?'

강수는 고개를 흔들었다.

아무리 그래도 그것은 무리였다.

강수는 왕진설과 악수를 나누었다.

"그럼 다음에."

"다음에."

강수는 미련 없이 돌아섰다.

마음 한구석은 섭섭하였지만, 그런 것이 이별이 아닐까 생각하였다.

제6장
폭주

서울 북동그룹 본사 회의실.

오늘은 본사의 모든 회의가 전부 다 취소되고 여덟 명의 손님이 회장 양만철과 면담을 하고 있었다.

젊은 청년부터 나이가 지긋한 노년까지 연령층은 다양했지만 이곳을 찾아온 목적은 다 같았다.

그들은 이번 소너스 사의 1조 원 채권이 공중분해 되었음을 문책하기 위해 이곳을 찾았다.

북동그룹은 총 여덟 명의 주주와 한 명의 회장으로 이사회가 구성되어 있었는데, 여덟 명의 주주는 회사를 좌지우지할 수 있는 힘을 가지고 있다.

그들은 자신들이 투자한 자금이 흩어져 버린 것에 대해 물었다.

"제럴드가 1천억 엔을 들고 일본으로 건너갔을 때까지만 해도 분명 인수가 단박에 이뤄질 것처럼 얘기했습니다. 하지만 지금은 어떻습니까? 도리어 1천억 엔이 공중으로 분해되어 버렸죠. 심지어 지금 그들은 계열사를 모두 루한스 그룹으로 넘기겠다고 했습니다."

"루한스?"

"우리의 자금줄이었지요. 도대체 루한스 그룹은 언제 또 저들의 손에 넘어간 겁니까? KS그룹이라니, 도대체 어디서 굴러먹던 놈들이란 말입니까?"

"…면목이 없군요."

"지금 면목이 있으면 이상하지요, 회장님. 이 사태를 도대체 어떻게 수습하실 겁니까? 현실적인 대안에 대해 말씀해 주십시오."

"……."

"자금이야 다시 충당시키면 됩니다. 하지만 오렌지사의 자금이 전부 소너스 사로 투입되고 있었으니 자금이 다시 역류할 겁니다. 그렇게 되면 루한스에 이어서 오렌지까지 잃게 되는 것이지요. 이제는 그 자금을 어디서 충당합니까? 또 국회의원들 쫓아다니면서 건수나 잡아야 합니까? 우리가 무슨 파파라치입니까? 언제까지 이렇게 살라는 말씀인지 모르겠군요."

북동그룹이 이만큼 클 수 있던 것은 그들이 각 정계 인사들을 직접 국회로 보냈기 때문이다.

그들의 영향력은 해당 정계 인사들을 단 한 방에 무너뜨릴 수 있을 정도로 강력하기에 지금에 와서는 고스트라는 집단까지 만들어내게 되었던 것이다.

하지만 이제 슬슬 국회의원들이 딴 주머니를 차기 시작하면서 그 약발도 서서히 떨어지고 있는 찰나였다.

양만철은 다른 방법에 대해서 물색하겠다며 사태를 진정시켰다.

"작금에 이른 이 사태는 조만간 정리될 겁니다. 안 그래도 지금 손을 써두었으니 금방 좋은 결과가 나올 겁니다."

"…제발 그러기를 바랍니다. 만약 이번 일이 좋게 마무리되지 않으면 당신은 끝입니다. 그것만 알고 계십시오."

"……."

이윽고 여덟 명의 이사진이 회의실을 나섰고, 북동그룹의 회장이자 고스트헤드인 그는 분노를 터뜨렸다.

쾅!

"이런 빌어먹을! 도대체 뭐가 어떻게 된 거야?"

그는 머리가 지끈거리는 듯 관자놀이를 누르며 외쳤다.

"양 이사! 총괄이사를 불러와라!"

그러자 비서실장과 운영이사가 차례대로 회의실로 들어왔다.

"회장님, 지금 총괄이사는 벌써 3주 동안이나 자리를 비웠습니다. 사실상 이 자리에서 물러났다고 보는 것이 옳을 것 같습니다."

"…물러나? 도대체 누구 마음대로 자리에서 물러나고 앉고 한단 말인가? 그 모든 것은 내가 결정한다! 당장 녀석을 데리고 와!"

운영이사는 눈을 질끈 감고 그녀의 행방에 대해 고했다.

"지금 양희진 이사는 한국에 없습니다. 아무래도 일부러 종적을 감춰 버린 것 같습니다."

"행방불명 상태라는 건가?"

"정확히 말하자면 분가를 한 것이지요. 그녀는 정식으로 사표를 제출했습니다."

"……."

"이제 차기 총괄이사를 선출하셔서 내각을 정리하시는 편이 옳은 줄로 압니다."

양만철은 이 사태를 도무지 이해할 수 없다는 듯이 말했다.

"…그런 일은 일어나지 않는다. 그 아이가 나를 배신해? 그건 말도 안 되는 일이다!"

"하지만 그녀는 회장님 곁을 떠났습니다. 개인적으로나 공식적으로나 우리 그룹과 완전히 관계를 청산했단 말입니다."

"……."

"그러니 이만 마음을 정리하시지요."

양만철은 손을 들어 두 사람을 내보냈다.

"…나가라. 혼자 있고 싶다."

"예, 회장님. 필요하면 부르십시오."

"……."

그는 배신감에 가득 찬 눈으로 담배를 한 개비 꺼내 물었다.

치익, 치익!

"후우! 빌어먹을 녀석 같으니라고! 내가 어떻게 키웠는지 벌써 잊었단 말인가!"

양만철은 질녀 양희진을 향한 분노를 몇 차례고 계속해서 터뜨렸다.

*   *   *

미국 연방법원 앞.

오늘은 오렌지사의 핵심 기술 15개 부문에 대한 기술권 침해 심사가 열리는 날이었다.

찰칵찰칵!

현 오렌지사의 대표이자 회장인 제레미아 타이너스는 기자들에게 자신의 결백을 주장했다.

"우리는 부정한 방법으로 기술을 취득한 적이 없습니다! 모두 다 적법한 절차를 밟아 기술을 이전시킨 겁니다!"

"그렇다면 열다섯 개의 핵심 기술이 모두 다 오렌지사의 것이 아니었다는 말씀이군요?"

"…말씀드렸다시피 적법한 절차에 의해 이전시켰습니다."

"적법한 절차라……. 그렇다는 것은 돈을 건네고 기술을 사들였다는 말씀 아니십니까?"

"……."

"오렌지사는 기술력 1위를 10년 넘게 지키고 있었습니다! 그런데 기술력을 사들였다고요? 그럼 도대체 오렌지사가 개발했다고 주장한 그것들은 다 뭡니까!"

"우리는 법 앞에 부끄러움이 없습니다! 다른 것은 몰라도 그것만은 확실합니다!"

이윽고 제레미아 타이너스는 법정 안으로 모습을 감춰 버렸다.

"회, 회장님! 한 말씀만 더 해주십시오! 지금 심경에 대해서 말씀해 주십시오!"

"미안합니다. 재판이 끝나면 공식적으로 기자회견을 열 테니 그때 질의하십시오."

"회장님! 회장님!"

찰칵찰칵!

불명예스러운 플래시 세례를 받으며 법정으로 입장한 그와는 다르게 고소인들은 또 다른 관심을 받으며 입장했다.

"박사님들, 오늘 재판에 대해서 하실 말씀 없으십니까?"

"정의는 반드시 승리한다는 것을 보여드리겠습니다. 만약 우리의 정의가 무너진다면 미국에 있는 기술자들은 전부 쓰레기 취급을 받게 되겠지요."

"그렇다면 지금 오렌지사가 거짓말로 일관하고 있다고 해도 과언이 아니겠군요?"

"사실입니다. 저들은 지금 말도 안 되는 거짓말을 늘어놓고 있습니다. 저들의 말은 전혀 들을 필요가 없어요."

"그럼 이번 재판은 보나마나 박사님들이 이긴다고 봐도 되겠습니까?"

"정의는 승리합니다. 저는 법원이 최소한의 양심은 판가름할 수 있다고 생각합니다."

이윽고 15명의 박사들까지 법원으로 들어가 버렸고, 기자들은 계속해서 그들을 뒤따랐다.

찰칵찰칵!

"박사님! 한 말씀만 더 해주십시오!"

"재판이 끝나면 곧바로 인터뷰하겠습니다. 그럼."

기자들의 플래시세례가 끝을 보일 때쯤, 법원 문이 굳게 닫혔다.

*   *   *

무려 10년이 지난 사건을 심의한다는 것은 생각보다 힘든 일이다. 하지만 워낙 증거가 차고 넘치는 상황이기 때문에 이 세상 그 어떤 변호사가 온다고 해도 쉽사리 재판에서 승소하기는 힘들어 보였다.

15명의 개발자들 변호를 맡은 로이드 정은 무려 150개나 되는 증거를 나열하며 열변을 토했다.

"먼저 열 감지 센서를 개발한 고소인을 시작으로 초소형 진동 센서를 개발한 고소인까지, 이 모든 사람들의 권리를 주장하는 것이 옳지 못하다고 말하는 것은 어불성설입니다. 잘 아시겠지만 피고는 지금까지 그 어떤 개발 과정에 참여한 적이 없습니다. 그런데 어떻게 기술을 습득하게 되었느냐, 그것은 바로 사기와 협박 덕분이었습니다."

그는 고소인들이 당한 사기와 협박에 대해 설명할 증인을 신청했다.

"재판장님, 당시 이들을 협박한 마피아 제이스틴의 조직원

마이클 테일러를 증인으로 신청합니다."

"받아들입니다."

상대편 변호사가 뭔가 반발을 하기도 전에 증인은 속전속
결로 신청되어 법정에 섰다.

그는 강수의 휘하로 들어온 전 마피아로, 공갈 협박에 대한
죗값을 치를 각오를 하고 이곳까지 왔다.

마이클 테일러는 자신 스스로가 범죄자라고 시인했다.

"저는 지금까지 수많은 사람들을 때리고 협박했습니다. 그
죄를 다 씻기엔 부족하겠지요. 하지만 이젠 손을 씻고 새사람
이 되었습니다. 그래서 이렇게 법정에 선 것이고요."

"좋습니다, 증인. 증인은 이 사람들을 어떤 식으로 협박했
지요?"

그는 떠올리기 괴로운 기억들을 억지로 입 밖으로 끄집어
낸다.

"첫 번째 증인의 경우엔 딸을 잡아다 협박했지요. 이 세상
그 어떤 아버지도 딸이 납치를 당했다는데 각서를 쓰지 않을
수 없었을 겁니다."

"각서요?"

"그 당시에 우리는 딸과 기술력을 바꾼다는 의미의 각서를
받았습니다. 그리고 그것을 회사로 넘겼지요."

"각서라……. 그것을 변호사가 공증을 했습니까?"

"아니요. 그런 세세한 과정 따윈 중요하지 않았습니다. 이들이 다시는 반항하지 못하도록 이미 정신 개조를 시켜두었기 때문이죠."

"정신 개조란 어떤 것을 의미합니까?"

"물고문, 인두고문, 전기고문 등 인간이 버티기 가장 힘들다는 고문은 죄다 동원되었습니다."

"그것을 고소인에게 행했다는 소리군요?"

"…아니요. 오렌지사는 고소인의 딸에게 이 모든 고문을 시키도록 지시했습니다."

순간, 법정은 충격에 빠져들고 말았다.

"당시 고소인의 딸은 몇 살이었지요?"

"열두 살이었습니다. 고문을 받은 후에는 한동안 정신질환을 앓은 것으로 알고 있습니다."

"그런 사실을 알고도 고문을 한 것이군요?"

"저희들로선 어쩔 도리가 없었습니다. 이미 수뇌부가 오렌지사와 결탁해 있는데 뭘 어쩌겠습니까?"

"어쩔 수 없었다?"

"물론 그 죄를 지금 물으신다면 달게 받겠습니다. 하지만 제가 하고 싶은 말은 그 잔악한 짓을 오렌지사에서 지시했다는 겁니다."

두 사람의 대화를 가만히 듣고 있던 피고인 측 변호사가 손을 번쩍 들었다.

"재판장님, 이의 있습니다! 지금 두 사람은 확인되지도 않은 허위 사실을 유포하고 있습니다!"

"흠, 그것도 일리는 있군요. 그에 대한 증거는 있습니까?"

마이클 테일러는 입술을 짓깨문 채 고개를 끄덕였다.

"…이 증거들을 제출하면 제가 감옥에 갈 수 있다는 것은 잘 압니다. 하지만 저는 진실을 꼭 밝혀야겠습니다. 그것이야말로 피해자들에게 제가 속죄할 수 있는 유일한 길일 테니까요."

그는 자신의 품에서 조금 오래되어 보이는 장부를 꺼내 들었다.

"그게 뭡니까?"

"제가 이들에게 받은 지시를 기록한 일지입니다. 물론 돈을 받은 정황도 꼼꼼히 정리해 두었습니다. 원하신다면 은행 계좌를 추적해 보셔도 좋습니다."

판사는 마이클 테일러에게 지금 이 증거들을 내미는 이유에 대해 물었다.

"왜 하필이면 지금 이 증거들을 내놓는 겁니까?"

"지금이 아니면 제가 용기를 낼 수 없을 것 같거든요. 저는 진심으로 속죄하고 싶었습니다. 그래서 비겁하지만 법정을 빌려서 용서를 구하려는 것이고요."

"흠……."

"판사님, 제가 할 수 있는 것이 있다면 더 하고 싶습니다만, 이 미천한 사람이 할 수 있는 것은 여기까지인 것 같군요."

판사는 고개를 가로저었다.

"아닙니다. 이렇게 용기를 내어주신 것, 진심으로 고맙게 생각합니다."

"감사합니다."

로이드 정은 이쯤에서 심리를 마쳤다.

"이상입니다."

"수고했습니다."

"……."

피고 측 변호인은 이번 심리에 대해서 그 어떤 반박도 할 수가 없었다.

그는 설마하니 로이드 정이 전직 마피아를 데리고 법정으로 나올 줄은 꿈에도 몰랐던 것이다.

'진퇴양난이군.'

이윽고 최종 선고문이 발표되었다.

"판결하겠습니다. 피고가 원고들에게 준 물적, 정신적 피해에 대한 증거가 명백하다. 이에 따라서 기술에 대한 원천 권리는 원고들에게 있다고 할 수 있다. 재판부는 피고 오렌지 사에게 기술권 이전을 선고하고 피해보상으로 각각 1억 달러를 배상할 것을 선고하는 바이다."

쾅쾅쾅!

연방법원에서 내린 결정으로 인해 피고 측 변호사는 입을 떡 벌릴 수밖에 없었다.

"이, 이러는 법이 어디 있습니까!"

"법에 따라서 판결했습니다. 이의가 있으면 항소심을 신청하십시오."

"…예, 알겠습니다."

지금 이곳에서 난리를 피워봐야 자신에게 좋을 것이 전혀 없다는 것을 잘 아는 그였다.

그는 조용히 돌아서서 법정을 나섰다.

*   *   *

오렌지사의 1차 공판이 끝나고 난 후, 회사의 주식은 무려 40%나 떨어져 내렸다.

기술권 이전에 대한 보상을 한다는 것은 앞으로 그들의 특허권 행사가 그만큼 힘들어진다는 소리이기 때문이다.

하지만 앞으로 오렌지사의 주식은 더 빠른 속도로 떨어져 내릴 전망이었다.

미국 연방법원의 판결이 15명의 기술자들에게 권리를 가져다준 직후 곧바로 10개국에서 연달아 고소장이 접수되었기 때문이다.

1차 공판이 끝나고 난 직후 영국 고등법원에서 재판이 열렸다.

이번 재판에는 15명의 기술자들이 똑같은 증거와 똑같은 증인을 신청하였고, 영국 법원은 그 모든 것을 수용하기로 했다.

로이드 정은 이 증거들에 조금 더 새로운 방법을 더 추가하기로 했다.

"재판장님, 증인을 신청합니다."

"받아들입니다."

그는 앞서 신청한 증인 마이클 테일러 말고 또 다른 사람을 증인으로 신청했다.

"재판장님, 저는 피고들의 사기 행각을 상세히 알고 있는 전문사기꾼 알렉스 파이렉스를 증인으로 신청하겠습니다."

"받아들입니다."

알렉스 파이렉스는 영국과 미국 등지에서 활동하던 사기꾼으로, 주로 특허권에 대한 사기를 치고 다닌 것으로 유명했다.

만약 지금 그가 여기서 자수한다면 이는 엄청난 파장으로 다가올 수도 있었다.

하지만 피해자들이 이 사건에 대해 고소를 하지만 않는다면 충분히 재판을 받지 않을 수도 있을 터였다.

그는 자신이 이 사건에 어떻게 연루되었는지 공개적인 진술을 시작했다.

"제가 처음 이 사기에 대한 제안을 받았을 때엔 막 감옥에서 나온 때였습니다. 그때의 저는 빈곤함과 패배감으로 모든 의욕을 상실한 때였지요. 그래서 저는 한사코 그 제안을 거절했습니다. 어차피 제가 사기를 치게 되면 죗값을 반드시 치러야 한다는 것을 이미 깨달았기 때문이죠. 하지만 오렌지사의 유혹은 너무나도 달콤했습니다. 최초의 스마트폰을 만든다는 것이 어떤 의미인지 저에게 인식시키고 그에 대한 인센티브로 판매량의 1%를 제공하겠다고 말했지요."

"……!"

"그래서 저는 지금껏 엄청난 돈을 받아왔습니다. 하지만 바로 어제 저는 전 재산을 아프리카 아동 후원 재단에 모두 기부했습니다. 부정하게 받아온 돈을 곧이곧대로 사용할 수는 없었기 때문이죠."

"그렇군요."

로이드 정은 그가 어떻게 사기를 쳤는지에 대해 물었다.

"그렇다면 피고인이 어떻게 지시를 했고, 증인은 어떻게 사기를 쳤지요?"

"처음에 저는 오렌지사에서 기술 공조로 투자를 해준다는 식으로 접근했습니다. 그런 후엔 공문서를 위조해서 그들의 기술력을 날조하여 특허청에 보냈지요."

"하지만 그것은 피해자들이 조금만 더 주의를 기울이면 사기를 당하지 않을 수도 있는 일입니다. 더군다나 왜 경찰에서 이들을 조사하지 않은 것이지요?"

"앞서 변호사께서 심문하신 그 마피아들 때문이었지요. 그들이 버티고 있는데 어떻게 신고를 합니까? 잘못하면 가족들이 다 죽게 생겼는데."

"그렇군요. 좋습니다. 그렇다면 증인께서 말씀하신 그 모든 사안을 대변할 수 있는 증거가 있습니까?"

"있습니다."

이윽고 그는 품속에서 파일 몇 개를 꺼내어 제출했다.

"이것은 제가 이들의 공문서를 위조한 당시의 특허권 청구 서류입니다. 이 서류의 밑에는 먹지가 붙어 있었습니다. 그래서 그 먹지를 통해서 서류를 꾸미고 그것의 서명란만 교묘히 바꿔치기해서 제출한 것이지요."

"아아!"

"그 이후에도 관련 서류들까지 전부 회사에서 빼내곤 그 사무실을 불태워 버렸습니다. 그러니 그 어디에서도 추가 자료들을 찾을 수 없었던 것이지요."

"참으로 대담한 계획이군요."

"이렇게 하지 않았다면 아마도 오렌지사가 특허권을 취득하지 못했을 겁니다."

로이드 정은 이쯤에서 취조를 마치기로 했다.

"이상입니다."

"좋습니다. 잘 들었습니다."

"……."

피고 변호인은 이번에도 연이어 타격을 받아 거의 패닉상태에 빠져 있었다.

'빌어먹을!'

미국과 영국을 오가면서 변론하느라 지쳐 있던 상태에서 이렇게 엄청난 증거들까지 속속들이 튀어나오니 더 이상 버틸 힘이 없어진 것이다.

그는 결국 이성을 잃고 판결을 저버리고 말았다.

"재판장님, 변론 포기하겠습니다."

"…진심입니까? 변호인은 미국에서 영국까지 일부러 오지 않았습니까?"

"예, 그렇습니다."

"만약 여기서 변론을 그만두면 영국계 변호사 자격증에도 누가 될 것입니다. 괜찮습니까?"

"예, 재판장님."

변호인 스스로가 변호를 포기하는데 재판장이 말릴 권한은 어디에도 없었다.

"좋습니다. 그럼 처음부터 다시 변호를 하시던지 항소심에서 다시 만나는 것으로 하시죠."

"예, 알겠습니다."

지금 당장 변호인을 구할 수 없으니 재판은 휴정하게 되었다.

"다음 공판일은 추후에 다시 지정하도록 하겠습니다."

탕탕탕!

변호인이 사건을 포기했음에 다음 공판 역시 오렌지사에겐 그리 유리할 것으로 보이지 않았다.

*　　　*　　　*

미국에 이어 영국에서까지 참패를 한 오렌지사는 곧이어 독일, 스위스, 프랑스, 벨기에, 일본, 중국, 한국, 스웨덴, 캐나다, 호주 등 30개국에서 연이어 패배를 맛보고 있었다.

하루에도 몇 번씩 공판이 열리고 있었지만 그 어떤 나라도 오렌지사의 손을 들어주는 곳은 없었다.

그것은 바로 미국 연방법원이 애초에 오렌지사를 등졌기 때문이다.

특허권에 대한 심사가 상당히 까다로운 미국에서 기술력 날조는 상당히 큰 죄였다.

그래서 그들은 엄격하게 죄인을 다루기도 했지만, 그 파장은 상당히 크게 작용했다.

영국에서 패배한 후엔 제대로 변론조차 하지 못하고 패하기 일쑤였다.

그도 그럴 것이, 각 나라의 재판 절차나 풍토가 다 다른데 갑자기 하나하나 재판을 다 준비하기가 힘들었던 것이다.

그에 반해 양희진은 오로지 이 순간을 위해 한 달 동안 해당 전문가들을 전부 물색하고 증거와 증인들까지 완벽하게 동원하였다.

오렌지사 역시 고소를 당하고 난 후에는 부랴부랴 재판을 준비했지만 먼저 싸움을 건 쪽과는 애초에 상대가 되지 못했다.

결국 전 세계 여론이 오렌지사를 지탄하고 비난하는 분위기로 변해갔고, 신문사들은 오렌지사의 패배와 폐단을 대서특필했다.

[오렌지사의 폐단, 극에 달하다!]
[세계 최고 핸드폰 제조업체 오렌지사의 패망!]

양만철은 아침부터 신문 1면을 장식한 자신의 패배를 두고 분개하지 않을 수 없었다.

쾅!

"이런 빌어먹을! 도대체 이놈들의 뒤를 봐주는 놈들이 누구야? 누구인데 이렇게까지 활개를 치고 다니는 건가!"

"아직 그들의 정체에 대해 파악하는 중입니다. 조금만 더 기다려주신다면……."

"…기다려? 아직도 기다리라는 소리가 나오나!"

"죄송합니다!"

"시끄럽다! 지금 당장 관련자들을 잡아서 물고를 내든 죽이든 해라!"

"하지만 지금은 시기가 너무 좋지 않습니다."

"…뭐라?"

"전 세계의 모든 이목이 이들을 향해 있습니다. 만약 여기서 한 명이라도 사라진다면 우리는 그 질타를 피할 수 없을 겁니다."

"……."

순간 양만철은 자리에서 일어나 그의 목덜미에 나이프를 겨누었다.

챙!

"허, 허억!"

"네가 운영이사이면 운영이사지 감히 나에게 훈계를 하려 들어?"

"아, 아니, 그런 것이 아니고……!"

"이빨 빠진 호랑이도 호랑이다. 네가 단단히 착각하고 있는 모양인데, 내가 마음만 먹으면 네놈은 죽은 목숨이다. 알아듣나?"

"죄, 죄송합니다!"

이미 양만철은 양희진의 부재로 인하여 자제력을 잃고 있었다.

지금 그에게 냉철한 판단을 맡긴다는 것은 애초에 불가능한 일이었다.

제3비서실장 이민수는 이제 자신이 본격적으로 나설 때가 된 것이 아닌가 싶었다.

'아가씨, 이제 더 이상 지켜볼 수만은 없겠군요.'

이윽고 그는 회장실을 나서서 러시아로 향했다.

*　　　　*　　　　*

러시아 마피아 타이안은 블라디보스토크에서 활동하는 살인 청부 조직이다.

이들이 점찍은 타깃은 반드시 제거되며, 국적과 신분 고하를 막론한다는 것이 이들의 가장 큰 강점이었다.

이 타이안은 이민수가 정식 후원자로 있는데, 이들의 손에서 죽어나간 정치 인사들과 사업가들이 그 수를 헤아리기 힘들 정도로 많았다.

이민수는 타이안의 수장인 티안에게 사진 한 장을 건넸다.

"이 사람을 찾아서 죽여라."

"…양희진?"

"그래, 양희진이다. 이 사람에 대한 자세한 설명은 더 이상 필요 없을 것 같군."

티안은 살며시 고개를 끄덕였다.

"알겠다. 시기는 언제가 좋겠나?"

"당장 죽이면 좋겠지만 지금 당장 그녀를 찾는 것은 힘들 것이다."

"그럼 찾는 즉시 죽이도록 하지."

"그래, 그렇게 해라."

그는 이민수에게 불현듯이 물었다.

"그런데 이 여자는 왜 죽이려는 건가? 회장의 오른팔 아니었나?"

"원래는 그랬지. 하지만 이제는 아니다. 아무래도 그 여자가 판을 다 흐리고 다니는 것 같아."

"오렌지사 소송 사건 말인가?"

"그를 비롯해서 시너스 사의 인수합병 실패까지 모든 사건의 흑막이 바로 그녀인 것 같다."

"확실한가?"

"물론이다. 나의 직감이 틀린 적도 있던가?"

티안은 고개를 가로저었다.

"아니, 틀린 적은 없었다. 하지만 그것은 어디까지나 일반적인 임무일 때의 얘기다. 이 사실을 양만철이 알면 우리를 가만두지 않을 것이다."

"양만철 회장이 두렵나?"

"…우리가 만들어진 이유가 바로 그 때문이다. 두렵지 않다면 이 조직이 과연 무슨 소용이 있겠나?"

"……."

"조금 더 명확한 증거를 가지고 와라. 그것도 아니라면 양만철 회장의 지시를 직접 받아오던지."

"나의 명령으론 더 이상 조직을 움직일 수 없단 말인가?"

"당신은 우리에게 명령을 전달하는 사람이지 명령을 내리는 사람이 아니다."

"많이 컸군."

순간 이민수는 주머니에서 권총을 꺼내 들었다.

철컥!

"…이게 뭐 하는 짓인가?"

"감히 나에게 반항하다니, 참으로 기가 막힐 노릇이군."

"나에게 총을 겨누고도 살아남을 수 있는 사람은 오로지 양만철 회장뿐이다. 잘 알 텐데?"

"지금 회장님께선 제정신이 아니다. 이 일을 마무리할 수 있는 사람은 오로지 나뿐이다."

"보스의 정신이 나갔다면 그 정신이 되돌아올 때까지 기다리는 것이 수하로서의 도리가 아닌가?"

"…도리? 도리 좋지. 하지만 지금은 그런 감성적인 것들을 신경 쓸 겨를이 없다. 오로지 우리의 조직 고스트가 무너지지 않도록 다잡는 것이 중요할 뿐이지."

그는 고개를 가로저었다.

"고스트 역시 양만철 회장이 자신 스스로를 위해 만든 조직이다. 그 조직의 창시자가 무너지면 그 조직도 무너지게 마련이지."

"모두 함께 먼지가 되어 사라지자는 소리인가?"

"만약 그래야 한다면 먼지가 되어 사라지는 것도 그리 나쁘지는 않겠지."

이윽고 이민수의 가슴과 머리로 레이저 포인트가 내려앉았다.

지잉.

"…나를 쏠 것인가?"

"만약 그래야 한다면 당연히 쏴야겠지."

"후우……."

아무리 대의가 중요하다고 해도 이대로 개죽음을 당할 정도로 중요한 사안은 아니다.

이민수는 이내 권총을 내렸다.

"그래, 내가 너무 경솔했던 것 같군."

"무조건 정신을 바짝 차리는 쪽이 이기는 거다. 이 세계는 원래 그래."

"그래?"

바로 그때, 이민수의 손이 티안의 목덜미를 타격했다.

빠악!

"크헉!"

그리곤 곧바로 그의 목덜미를 부여잡은 이민수는 권총을 겨누었다.

철컥!

"…이게 지금 뭐 하는 짓인가?"

"방심하지 마라. 히트맨들을 가르칠 때 가장 많이 하는 소리지."

"나를 죽이고도 무사할 것이라고 생각하나?"

"최소한 고기 방패로 삼을 수는 있겠지."

"……."

"네가 죽고 나면 이 조직은 오로지 나의 휘하로 들어온다. 그건 알고 있겠지?"

"빌어먹을 자식! 그것을 노린 것이었나!"

"어차피 이 조직이 없다면 보스를 보필할 수 없다. 잘 가라."

타앙!

털썩!

이민수의 권총이 티안의 머리에 구멍을 내버렸고, 그는 이내 엄청난 양의 총알세례를 받았다.

핑핑핑핑!

퍽퍽퍽!

"크윽!"

티안이 몸에 걸치고 있는 방탄조끼를 포함하여 그의 몸에 있는 방탄조끼가 총알을 막아내고 있었다.

하지만 그 충격은 맨몸으로는 버틸 수 없을 정도였다.

그는 이를 악물었다.

'이대로 버티야 한다! 그래야 이 조직의 수장이 될 수 있어!'

대략 10분가량을 총알세례에서 살아남은 그에게 이내 한 사내가 다가왔다.

뚜벅뚜벅.

그는 얼굴에 십자 무늬 상처가 있는 사나이였다.

"보스, 새로 모시게 되어 영광입니다."

"……."

이윽고 그는 그 자리에서 기절해 버렸다.

제7장
책임

오렌지사의 주주들이 모인 회의실.

제레미아 타이너스는 자신의 실책이 가장 크다는 것을 인정했다.

"그래요. 내가 부주의해서 일이 다 틀어져 버렸습니다. 하지만 일이 이렇게까지 커진 것에 대한 책임은 모두에게 있다고 봅니다."

"어째서 그렇게 생각하십니까?"

"회사는 모두가 함께 경영하는 것 아닙니까? 그런데 여러분께선 사태가 이렇게까지 될 동안 과연 무엇을 하셨지요?"

"10억 달러라는 자금을 만들고 다녔지요."

"……."

8명의 이사진은 자신들이 만들어놓은 엔화 1천억 엔을 몽땅 다 날려 버린 것을 제레미아의 탓이라고 비난했다.

"이제 우리가 쏟아 부은 자금이 역류하겠지요. 인수합병에 실패했으니 그 엄청난 손해배상 청구 금액을 다 어떻게 감당하실 겁니까? 장기라도 팔아야 할까요?"

"…계열사들을 정리하면 어떻게든 되겠지요."

쾅!

격분한 이사진이 책상을 치면서 난리를 피웠다.

"지금 그걸 말이라고 합니까? 그게 회장이라는 사람이 할 소리냔 말입니다!"

"그건……."

"당신의 그런 안일한 태도가 회사를 이 지경으로 만들었다곤 생각하지 않습니까!"

"……."

제레미아 타이너스는 지금까지 양만철의 가호 아래 회사를 경영해 왔기 때문에 어려움과는 아예 거리가 먼 사람이었다.

지금까지 회사가 위기에 봉착한 적이 단 한 번도 없었기 때문에 그것을 어떻게 헤쳐나가야 좋을지 감조차 잡을 수 없었던 것이다.

이사진은 그에게 해결책 제시를 촉구했다.

"이제 당신이 수습하십시오. 대주주께선 한국에서 돌아오시지 않은 모양입니다."

"……."

"만약 이번 분기 안에 모든 것을 정리하지 않으면 당신은 회장직에서 물러나야 할 겁니다. 지분도 없는 당신이 계속 회장 자리에 앉을 수 있던 것은 순전히 양만철 회장 덕분이었습니다. 이제 그의 가호도 없으니 내려올 때도 되었지요."

"마, 말도 안 되는 일입니다! 이 엄청난 일을 나더러 수습하라니요? 그게 얼마나 무책임한 일인지 알고는 있습니까!"

"무책임하다니요? 당신은 전문 경영인입니다. 이런 사태를 대비해서 당신을 고용한 것이지, 회사가 호시절일 때를 대비해서 당신을 고용했겠습니까?"

"……."

"분명히 말씀드렸습니다. 이번 분기 안에 해결을 지으세요."

주주들과 이사진은 이내 자리를 떠났고, 홀로 남은 제레미아 타이너스는 패닉에 빠져들었다.

＊　　　＊　　　＊

소너스 사의 채권이 시우지마 그룹에 인수되고 난 후, 시우지마 그룹은 소너스 사의 대주주가 되었다.

그들은 충분히 소너스 사의 오너 일가를 갈아치울 수 있었음에도 불구하고 그렇게 하지 않았다.

오히려 그들이 빅딜과 신정책으로 인해 위기를 돌파할 수 있도록 여지를 주었다.

원금에 대한 이자를 연 1.1%로 낮추고 회사가 회생하는 대로 자금을 회수하는 것으로 가닥을 잡았다.

타쿠야 아사쿠라는 양희진에게 연신 고개를 숙였다.

"감사합니다! 정말 감사합니다! 이 은혜는 죽어서도 잊지 않겠습니다!"

"은혜랄 것도 없습니다. 그냥 잘못된 것을 바로잡았을 뿐이니까요."

"그렇지가 않습니다! 당신들이 아니었다면 지금쯤 우리는 거리에 나앉아 동냥질이나 하고 있을 겁니다!"

"정말 그렇게 감사하다면 제 부탁 하나 들어주시겠습니까?"

"말씀만 하십시오! 무엇이든 다 들어드리겠습니다!"

"오렌지사의 이사진을 이곳에 수용할 수 있도록 해주십시오."

"누, 누구를 수용해요?"

"당신들을 무너뜨리려고 한 그 오렌지사의 이사진 말입니다. 그냥 말단 평사원으로 두어도 좋으니 수용해 주십사 합니다. 제가 원할 때 사용할 수 있도록 상비시키는 것이니 별다른 생각은 하지 말아주시고요."

그는 양희진의 생각을 모두 다 이해할 수가 없었지만, 그래도 은인의 말을 허투루 들을 수는 없었다.

"알겠습니다. 은인께서 부탁하시는데 듣지 않을 수 없지요. 데리고 오시면 저희들이 잘 보살피겠습니다."

"고맙습니다. 원수를 수용한다는 것이 쉽지는 않을 텐데 말입니다."

"괜찮습니다. 다 부딪쳐 보면 별것 아니겠지요."

두 사람은 미소를 주고받았다.

늦은 밤, 양희진은 오렌지 그룹의 본사를 찾았다.

오늘 이곳에서는 8명의 이사진이 앞으로의 대책 마련을 위해 술잔을 기울이고 있을 터였다.

시우지마 회의 소식통이 알려준 이 정보를 가지고 그녀는 무작정 오렌지 그룹의 본사로 들이닥쳤다.

끼익!

북동그룹과 고스트 휘하의 모든 회사는 전부 다 회사원

ID카드가 통합되어 있기 때문에 아직 양희진은 이곳을 자유롭게 드나들 수 있었다.

그녀는 소식통이 알려준 대로 지하 5층에 있는 비밀 회의실 문을 열었다.

끼익!

그러자 그 안에서 위스키를 마시고 있던 사람들의 모습이 보였다.

"뭐, 뭡니까?"

"접니다. 양희진."

순간, 그들은 화들짝 놀라 자리에서 일어섰다.

"야, 양 이사님!"

"이 누추한 곳까진 도대체 어떻게 오신 겁니까? 저희들이 아직 대책을 마련하지 못해서 연락을 드리지 못했습니다."

"괜찮습니다. 오늘은 책임 추궁을 위해서 온 것이 아닙니다. 앉으시죠."

그들은 상당히 불편한 얼굴로 양희진의 앞에 자리를 잡고 앉았다.

양희진은 이사진이 마시고 있던 양주를 바라보며 말했다.

"저도 한잔 주시지요. 서로 술을 주고받았으니 독은 들지 않았겠죠?"

"이를 말씀이십니까?"

너나 할 것 없이 자리에서 일어난 그들은 자리에 앉은 양희진의 잔을 채우곤 그녀의 눈치를 보기에 바빴다.

양희진은 그들이 보는 앞에서 술잔을 모두 비워낸 후 그것을 차례대로 돌리도록 했다.

"한 잔씩 다 받으시죠."

"…예, 알겠습니다."

평소 양희진은 양만철과 견줄 정도로 냉철하고 잔인한 성품이었기 때문에 그녀가 하는 말 한마디 한마디에 이사진의 희비가 엇갈리곤 했다.

오늘도 역시 그녀가 등장한 것만으로도 주변의 분위기가 차갑게 얼어붙는 것 같았다.

꼴깍꼴깍!

너무 급하게 술을 넘긴 나머지 목구멍이 다 타들어가는 것 같았지만 그들은 애써 그 고통을 꾹 눌러 참았다.

"크흠!"

"괜찮아요. 너무 눈치를 보지 않아도 된답니다."

"…가, 감사합니다."

이윽고 그녀는 이사진에게 자신이 찾아온 이유에 대해서 설명했다.

"저는 당신들에게 기회를 주고자 이곳까지 왔습니다."

"기회라면……."

"빈털터리가 되어 오렌지사에서 쫓겨나지 않는 방법을 알려준다는 얘기입니다."

"그게 도대체 무슨 소리이신지……."

"아시는지 모르겠습니다만, 저는 이미 북동그룹과 인연을 끊었습니다. 이제 더 이상 당신들의 총괄이사가 아니라는 소리죠. 저는 시우지마 그룹의 회장이 되었습니다."

"……!"

그녀가 북동그룹을 배신했다는 것은 쉽사리 받아들여지지 않는 얘기였다.

하지만 그녀가 함부로 거짓말을 할 정도로 가벼운 여자가 아니라는 사실쯤은 이곳에 있는 사람들이라면 익히 잘 아는 사실이다.

그러니 이들의 입장에선 혼란이 올 수밖에 없었다.

"만약 당신의 얘기가 사실이라면 우리는 당신과 접촉한 것만으로도 죽은 목숨입니다. 한데 어째서 저희들을 찾아오셨는지요?"

"말하지 않았습니까? 여러분에게 기회를 주고자 찾아왔다고 말입니다."

그녀는 현금으로 된 100만 달러 지폐 뭉치를 이들에게 내밀었다.

턱!

"100만 달러입니다. 이 정도면 어디 가서 굶어 죽는 일은 절대로 없을 겁니다."

"······."

"만약 살고 싶다면 제 돈을 받고 저를 따르십시오. 어차피 오렌지사가 망하면 당신들은 죽은 목숨입니다. 아마 지금쯤 이면 러시아계 히트맨들이 자금을 회수하기 위해 움직이고 있을지도 모르지요."

이사진은 흔들리는 눈동자로 그녀에게 물었다.

"조, 좋습니다. 백번 양보해서 우리가 당신을 따른다고 칩시다. 그럼 우리를 어떻게 지켜줄 겁니까?"

"그건 걱정할 필요 없습니다. 다 대비책이 있어요."

"대비책?"

그때 양희진이 천장을 올려다보자 허공에서 50명이나 되는 인영이 떨어져 내렸다.

파바밧!

"허, 허억!"

"니, 닌자?"

"닌자는 아닙니다. 고도로 훈련 받은 무인들이지요. 이들은 젓가락 하나만 있어도 히트맨 100명과 싸워 이길 수 있을 정도로 강합니다."

그녀들은 양희진을 지키는 하이엘프와 다크엘프들이었고,

그들은 정말로 젓가락 하나만 있어도 백 대 일로 싸워 이길 수 있는 일당백이었다.

가만히 그녀의 곁을 지키던 다크엘프 중 한 명이 앞으로 나와 술상에 있던 포크를 집어 들었다.

"못 믿는 것 같으니 직접 눈으로 보여주어야겠군."

이윽고 그녀는 왼손으로 잡은 포크를 바닥을 향해 가볍게 던졌다.

서걱!

"허, 허어! 이게 말이나 되는 일인가? 포크가 바닥을 뚫고 들어가다니!"

"말이 되니까 두 눈으로 포크가 바닥을 뚫는 광경을 보고 있는 것 아닌가?"

"……."

이제 그들은 어째서 양희진이 자신들을 자신 있게 지켜줄 수 있다고 말한 것인지 알 수 있었다.

"신변 보호는 확실히 해드립니다. 이들이 따라다니는 이상 전쟁이 나도 생존할 수 있어요."

"흠……."

"당신들의 신변을 보호해 드리고 100만 달러를 드리는 대신 조건을 하나 걸겠습니다. 어때요? 괜찮죠?"

"말씀하십시오."

"당신들은 이제 이사진에서 물러나십시오. 그리고 남아 있는 지분을 모두 나에게 양도하고 일본 소너스 사로 가십시오. 그곳에서 객식구 생활을 하면서 이건 쇼가 아니고 정말로 북동그룹과 당신들이 아무런 상관이 없다는 것을 보여주십시오."

"…정말 그러고도 살아남을 수 있을까요?"

"말하지 않았습니까? 제가 장담합니다."

"으음……."

"결정하시지요. 시간이 별로 없어요."

8명의 이사진은 이내 고개를 끄덕였다.

"좋습니다. 당신을 따르기로 하지요."

"잘 생각하셨습니다. 내일 아침 우리가 당신들을 데리러 갈 겁니다. 그때 주식 양도증서를 작성해 주시면 되겠습니다."

"알겠습니다."

양희진은 이제 그림자와 같은 엘프들을 데리고 오렌지사를 빠져나갔다.

다음날, 양희진은 이사진이 가지고 있던 주식을 모두 회수하여 스스로 대주주가 되었다.

이제 그녀가 주주총회를 소집하게 되면 회장직은 바뀌게

될 것이고, 원래의 왕좌를 되찾게 되는 것이다.

그녀는 자신이 회장에 취임하는 대신 원래 회사의 주인이던 스티브 카운티너에게 경영권을 넘겼다.

그는 자신이 이 자리에 앉는 것이 과연 타당한 것인지 아직도 확신을 갖고 있지 못하고 있었다.

"정말 제가 이 회사의 오너로서 자격이 있는 걸까요? 회사의 임직원들에게 버림을 받은 내가 말입니다."

"당신은 임직원이 버린 것이 아닙니다. 북동그룹이라는 흑막이 수를 쓴 것뿐이죠."

"……."

"자신감을 갖는 편이 좋아요. 그리고 당신은 혼자가 아닙니다."

"……?"

그녀는 자신이 15명의 기술자에게 이전시켜 놓은 지분에 대한 증서를 그에게 내밀었다.

"다른 기술자들 역시 오렌지사의 이사회로 들어갑니다. 물론 그들은 경영에 대해선 전혀 관심이 없다고 했지만 말입니다."

"그들까지 다 챙겨주시는 겁니까?"

"원래는 그들의 기술로 이뤄진 회사가 아닙니까? 당연히 그들의 권리를 챙겨주어야지요."

"그렇군요."

이제 그녀는 다음 주에 임시주주총회를 열어 이 사실을 공표하게 될 것이다.

그렇게 된다면 이제 더 이상은 북동그룹과는 돌이킬 수 없는 사이가 되는 셈이다.

'당신은 애초에 나의 대부가 아니었습니다. 이제는 더 이상 가족도 아니죠. 자초한 일입니다.'

그녀는 이제 더 이상 자신에게 백부는 없다고 생각했다.

＊   ＊   ＊

북동그룹 이사진이 다시 모였다.

그들은 제3비서실장이자 타이안의 수장이 된 이민수의 부름으로 이곳까지 온 것이다.

심기가 불편해진 이사진은 잔뜩 인상을 찌푸리고 있었다.

"…요즘은 비서실장이 회장님을 대신하는 모양이지?"

"아닙니다. 저는 타이안의 수장으로서 여러분을 소집한 겁니다. 아시겠지만 타이안은 이사진의 안전을 책임집니다. 그와 동시에 해결사 역할도 하지요."

"하고 싶은 말이 뭐요?"

"더 이상 회장님을 압박하게 되면 좋은 꼴을 보지 못할 겁니다."

"…뭐요?"

"다시 한 번 말씀드리지요. 더 이상 회장님을 도발하게 된
다면 타이안에서 당신들을 죽이겠습니다. 진심입니다."

"……."

"제가 왜 이런 말을 하는지 궁금하실 겁니다. 네, 당연히
궁금하시겠지요. 하지만 가슴에 손을 얹고 잠시만 생각해 보
시면 답이 나올 겁니다."

그는 품속에서 작은 단검을 하나 꺼내어 책상 위에 거꾸로
꽂았다.

스릉, 퍼억!

"…아주 막나가자는 것이군!"

"이건 모두 당신들이 자처한 일입니다. 왜 자꾸 회장님의
권위에 도전하려는 겁니까? 그런다고 뭐가 달라진다고 생각
하십니까?"

이민수는 고스트가 자신의 전신이라고 믿는 사람이었다.

그런 집단의 수장을 피 말려 죽이려는 사람들은 전부 그의
적인 셈이다.

"고스트 헤드는 절대적인 존재입니다. 우리 집단에선 신이
란 말입니다. 우리의 신을 건드리면 어떻게 되는지 잘 알고
계시겠지요?"

"……."

"길게 말하지는 않겠습니다. 알아서 조심들 하십시오."

지금까지 북동그룹이 형성되는 데 음지에서 피를 흘린 이사진은 그의 협박에 쉽게 굴하지 않았다.

"죽이겠다? 하하, 저 꼬맹이가 미쳤군."

"뭐요?"

"우리가 그리도 만만해 보이던가? 우리 역시 산전수전 다 겪은 백전노장이다. 네놈이 말하는 그 타이안의 모태가 되는 집안이 우리의 손아귀에 있기도 하지."

"이제는 퇴물이 되었지만 말입니다."

"그래, 퇴물이 되었지. 하지만 이빨 빠진 호랑이도 발톱은 살아 있게 마련이다. 너 같은 고양이에게 질 우리가 아니란 말이지."

이민수의 한마디로 인하여 이곳에 모인 8명과 고스트 헤드는 더 이상 한 배를 탈 수 없는 입장이 되어버렸다.

"각오하는 것이 좋을 거다, 애송아."

"기대해 보겠습니다."

이윽고 이사진은 북동그룹 본사를 빠져나갔고, 이제 타이안은 그들을 치기 위해 슬슬 세력을 모으기 시작했다.

"러시아와 동남아에서 히트맨들을 전부 다 동원하라. 저놈들을 친다."

"예, 알겠습니다."

그는 고스트 헤드를 대신하여 권력을 다잡기 위한 전쟁을 준비했다.

＊　　　＊　　　＊

고비산맥의 길이는 대략 150km 정도인데, 그 옆에 고비 강이 자리를 잡고 있어 실제 규모는 조금 더 크다고 추론되고 있다.

그는 황사의 근원이 되는 지역을 모두 다 녹지로 만들었지만 여전히 중국 발 미세 먼지와 황사는 전 세계적으로 큰 문제가 되고 있었다.

강수는 중국 중앙정부에게 이 모든 문제를 자신이 덮어주는 조건으로 1,500km에 이르는 고비산맥 전 지역 중 인간이 주거할 수 없는 750km를 자신이 구매하겠다고 제안했다.

이곳을 강수의 사유지로 분양하게 되면 지금까지 가장 큰 골칫거리이던 황사가 90% 이상 해결되는 셈이다.

그러나 중국 중앙정부에서 쉽사리 그에게 이 사막을 내어줄 리 없었다.

내몽골 자치구의 입장은 서부지역을 모두 강수에게 판매하여 녹지로 조성하는 편이 좋겠다고 말했지만, 중앙정부는 그렇지 않았다.

안 그래도 소수민족들이 독립을 외치는 가운데 강수에게 땅을 판매하게 되면 그들이 반발을 일으킬 수도 있다고 생각한 것이다.

강수는 중국 중앙인민회의 황사 문제 대책위원인 장리안과의 독대를 청했다.

장리안은 강수에게 자신들의 입장을 전하고 지금처럼 사업권을 가지고 녹지만 조성해 줄 것을 요청했다.

고비산맥의 전 지역은 현재 강수가 관장하고 있지만, 이 역시 조만간 자신들이 회수하겠다는 것이 중국의 입장이었다.

하지만 강수는 그전 지역의 값을 자신이 생각하는 최대의 금액으로 책정했다.

"원화로 5조 7천억이라……."

"그것도 고비 강은 포함하지 않은 가격입니다. 아시다시피 제가 없으면 그 산과 강은 폐허가 될 겁니다. 저는 관리 비용으로 1년에 대략 5,000억 원의 경비를 받을 생각입니다. 물론 그 유지 보수 비용은 따로 받습니다."

"……."

얼핏 듣기엔 너무나도 터무니없는 비용이지만 중국이 황사로 인해 겪는 문제에 비하면 극히 일부분에 불과한 돈이었다.

그들은 지금 동북아시아 환경 파괴의 주범으로 몰리면서 한국과 일본의 질타를 받는 중이다.

지금은 생각보다 그 파장이 작지만 조만간 러시아에서도 정식으로 그들에게 항의할 수도 있는 일이었다.

그가 생각하기에 황사 문제를 최종적으로 마무리 지으려면 적어도 800km이상의 녹지가 필요했다.

만약 이 녹지가 조성되게 된다면 중국 사막 지역의 온도가 내려가고, 그로 인해 지구 온난화 현상 감경에도 막대한 일조를 하게 된다.

하지만 만약 그것을 다 이룩하자면 무려 35조 원이 들어가며, 그것을 유지하는 데 들어가는 비용도 만만치가 않았다.

장리안은 강수의 제안을 듣고는 깊이 고민할 수밖에 없었다.

"그렇게 많은 돈을 요구하실 줄이야… 꿈에도 몰랐습니다."

"지금 고비산맥에는 생태계가 조성되어 있습니다. 고비 강역시 황금어장이지요. 사막 한가운데 오아시스가 생겨났는데 이 정도 돈은 당연히 받아야 한다고 생각합니다."

"흠, 그래요, 당신의 말도 아예 일리가 없지는 않네요."

"가능하다면 제가 그 모든 구역을 구매해서 사유지로 삼고 제 돈을 들여서 공사를 진행하고 싶습니다."

"그에 들어가는 비용은 어떻게 하실 겁니까?"

"그건 제가 알아서 합니다."

그는 강수의 제안이 꽤나 합리적이라는 것을 알면서도 끝까지 망설였다.

"중국의 영토가 좁아지는 것은 상당히 치명적인 문제입니다. 잘 아시겠지만 사막 역시 자국민의 자긍심이 달린 곳이거든요."

"잘 압니다. 하지만 그로 인해서 지금 베이징을 비롯한 대도시가 아주 몸살을 앓고 있지요. 그보다는 제가 제안한 정책이 더 마음에 드실 텐데요?"

"마음에 쏙 드는 것은 아니지만 상당히 혹할 정도이긴 하네요."

"잘 생각하십시오. 앞으로 100년 후엔 과연 베이징이 어떤 모습일지 말입니다."

환경 문제와 영토 문제, 이것이야말로 그가 끝도 없이 고민해 온 것이다.

하지만 혼자서 이 모든 문제를 해결하기엔 사안이 너무나 중대했다.

"좋습니다. 일단 중앙정부로 이 문제를 가지고 가보겠습니다."

"만약 가결된다면 요금 지불은 언제쯤 이뤄지겠습니까?"

"글쎄요. 그것도 한번 논의를 해보겠습니다."

강수는 대략 반년 동안 단 한 번도 황사 방지에 대한 돈을 받아본 적이 없었다.

처음에 환경 문제 완화로 이슈가 되었을 때만 조금 신경을 쓰다가 지금은 거의 찬밥신세가 된 것이다.

그는 이번에야말로 담판을 짓겠다고 다짐했다.

"만약 이번에도 대금 지불이 안 된다면 저는 산맥을 포기하고 아라비아로 가겠습니다. 중동아시아에선 저에게 꽤나 큰 거금을 주고 사막을 산으로 바꾸려는 사람들이 줄을 섰거든요."

"…그렇게까지 조급해하실 필요는 없습니다."

"아니요. 저는 조급합니다. 부디 제가 다른 곳으로 옮겨가는 일이 벌어지지 않았으면 좋겠군요."

"제발 그랬으면 좋겠습니다."

그는 강수에게 꾸벅 고개를 숙였다.

"아무튼 미안합니다. 우리 정부에서 임금 지불을 해주지 않았다니……."

"각성하라고 전하십시오."

"잘 알겠습니다."

이제 남은 것은 저들이 어떤 태도를 취할지 지켜보는 일이었다.

$$* \qquad * \qquad *$$

강수가 중국 정부에게 영토를 구매하겠다고 말한 것은 앞으로 자신이 데리고 있는 사람들이 어엿한 국가를 가지고 살아가기를 바랐기 때문이다.

그가 영토를 갖고 그곳을 개발하여 나라를 선포한다면 3만의 난민은 물론이고 유사인종과 몬스터까지 전부 다 한 나라의 국민이 되는 것이다.

강수는 자신이 복수를 이룩하는 것만큼이나 국민들을 정착시키는 것이 중요하다고 생각했다.

그래서 이번 북동그룹 사건을 마무리하고 나면 그 대가로 고스트의 돈을 받아 나라를 건립할 생각이다.

그는 자신의 제안을 중심적으로 토의하며 결정을 내릴 중요 인사들에 대해 알아보았다.

렉시는 자신의 인맥을 총동원하여 알아낸 그들의 프로필을 프로젝트에 내걸었다.

"지금 보시는 이 사람이 바로 중앙정부 환경 문제 전담 의원인 리샤오중입니다. 공안 중앙수사부 차장으로 있다가 국회로 진출한 케이스지요. 상당히 보수적이고 이기적인 성격입니다. 뇌물을 좋아하고 개인적인 이득을 챙기기 위해 정책을 펼치기로 유명합니다. 아마도 우리에게 제대로 된 자금이 지급되지 않은 것도 이 리샤오중 때문으로 보입니다. 그에 들어가는 자금을 다른 곳으로 돌려 자신이 독식하고 있겠지요."

"…진정한 되놈이군. 이놈 말고는 요주의 인물이 더 없나?"

"다른 사람들은 대체적으로 둥글둥글한 편입니다. 리샤오중이 워낙 독선적이라서 주변 인물들은 비교적 온순할 수밖에 없지요."

"저놈만 처치하면 된다는 얘기군."

"그렇다고 보시면 됩니다."

강수는 그를 처치하기 위해 머리를 굴리기 시작했다.

"흠, 저놈을 어떻게 하면 가장 효과적으로 처리할 수 있을까?"

"미인계를 사용하는 것은 어떻겠습니까?"

"미인계?"

"정보에 의하면 놈이 어린 여자라면 아주 환장을 한답니다."

"어린 여자?"

"미성년자를 데리고 노는 데 취미가 있다는 소리죠."

"…더러운 놈이군."

"뭐, 그 정도 여성 편력이라면 우리에게는 무기는 있죠."

강수는 마법으로 어느 정도 둔갑이 가능한 네르샤를 바라보았다.

"설마……."

"아마도 그녀라면 그를 충분히 유혹하고도 남을 겁니다."

"…어이, 인간, 내가 가만히 있어주니까 우스워?"

"우습지 않습니다. 그냥 그를 유혹해서 침실까지 데리고 오기만 하라는 소리입니다. 그 이후엔 우리가 다 알아서 하겠습니다."

"……."

네르샤는 썩 내키지 않는 표정이었지만 강수는 생각보다 이 작전이 괜찮다고 생각했다.

"으음, 좋은 방법이다. 다른 사람이라면 몰라도 네르샤는 흑마법을 사용할 수 있으니 그놈이 미친 사람처럼 행동하도록 만들 수 있겠지."

"뭐, 그거야 그렇지만……."

"네가 화끈하게 그를 묻어준다면 보상은 확실히 하겠다."

순간 네르샤의 눈빛이 반짝였다.

"보상?"

"원하는 것을 한 가지 들어주도록 하지."

"후후, 원하는 것을 한 가지 들어준다고 했겠다?"

강수는 그녀에게 아주 화끈하게 말했다.

"만약 네가 원하는 게 2세 생산이라면 들어주겠다."

"저, 정말?"

"하지만 이번 프로젝트가 무사히 끝난다는 가정 하에 약속하는 것이다. 만약 프로젝트가 결렬되면 약속은 무효야."

"뭐 그렇게 말도 안 되는 소리를? 내가 마음먹어서 안 되는 일도 있던가?"

"하긴."

언젠가부터 강수는 그녀에게 자신의 정기를 나누어주는 것을 마치 마음의 짐처럼 생각하게 되었다.

네르샤는 오로지 그 하나만을 보고 지금까지 이곳에 남아 있는 것이나 마찬가지이기 때문이다.

그리고 그녀가 이계로 갈 수 있다는 생각으로 지금까지 미루고 또 미뤄왔지만, 강수는 이제 그것이 불가능하다는 것을 알았다.

또한 이계의 틈이 무너져 내려 다시는 고향으로 돌아갈 수 없는데, 그녀가 더 이상 손 놓고 기다리지는 않을 것이라고 생각했다.

하지만 그런 그의 결심을 무너뜨리려는 사람이 존재하고 있었다.

"…혼자만의 힘으로 그것을 다 이루기엔 무리가 있죠."

"엘레나?"

"내가 돕겠어요."

"후후, 엘프 년, 네가 돕지 않아도 나는 충분히 놈을 요리할 수 있어."

"하지만……."

강수는 엘레나 역시 자신 때문에 지금까지 생과부로 살아왔다는 것을 깨달았다.

"흠, 그러고 보니 엘레나가 있었군."

"레비로스?"

"좋아, 너에게도 미션을 주지."

"미션?"

"임무 말이다. 엘레나 너는 북동그룹이 무너질 때까지 주요 인물들이 사살되지 않도록 호위대를 총괄해라. 지금은 사람이 그리 많지 않지만 조만간 주요 인물들이 늘어나게 될 거야. 그때를 대비해야 해."

"북동그룹이 무너지면요?"

"너와도 정식으로 혼례를 치르겠다."

순간 엘레나의 얼굴에 말로는 표현할 수 없는 기쁨이 피어났다.

"저, 정말요?"

"내가 네르샤와 동침해도 상관이 없다면 말이지."

"뭐, 그런 시시한 것을 신경 쓰고 그래요?"

"…이게 그렇게 시시한 것이었던가?"

하이엘프와 다크엘프는 대대로 남자가 태어나지 않았기 때문에 자신의 배필을 누군가와 공유하는 것쯤은 그리 이상한 일이 아니었다.

네르샤 역시 그녀와 강수가 결혼하는 일이 그리 대수롭지는 않은 모양이었다.

"축하를 해야 하나?"

"고마워요."

"……."

강수는 지나치게 시원스러운 그녀들의 성격에 도저히 적응할 수 없을 지경이었다.

제8장
혼을 내주어야 할 놈

이른 아침, 강수는 중국 공산당 중앙정부 산하 환경 문제 대책본부를 찾았다.

이곳을 총괄하는 리샤오중은 강수를 보자마자 돈 문제부터 꺼내 들었다.

"듣자 하니 장리안 의원에게 꽤 많은 금액을 청구했다고 하던데, 사실입니까?"

"잘 알고 계시는군요. 저는 제가 일한 만큼 받고 싶은 사람입니다. 그게 아니라면 제가 사유지로서 그곳을 개발할 수 있도록 해주십시오."

"하하, 그건 안 될 말입니다. 이 세상의 그 어떤 나라도 자신들의 영토를 함부로 팔아먹지 않습니다."

"잘 압니다. 영토를 파는 일이 쉽지 않겠지요. 하지만 저로서도 합당한 조건을 내걸지 않으면 회사를 운영할 수 없을 판입니다."

"흠, 그렇다면 서로 욕심을 좀 버리는 것이 어떻겠습니까?"

"무슨 말씀이십니까?"

"지금까지 밀린 임금에 대한 것은 일단 조금 보류하고……."

강수는 고개를 갸웃거렸다.

"욕심을 버린다는 것이 겨우 임금 체불을 나 몰라라 하겠다는 겁니까?"

"말씀이 좀 지나치신데요? 제가 언제 그런 말을 했다고 그러십니까?"

"보류를 한다는 말, 지금까지 몇 번이나 들었는지 아십니까? 어떤 기업이 6개월 동안 적자 행진을 계속하고도 가만있겠습니까? 이 정도면 많이 참은 겁니다."

"흠, 그렇다고 고비산맥에서 나간다는 말은 아니지 않습니까?"

"……."

"후후, 너무 당황하셨습니까? 미안합니다. 제가 정곡을 찔러 버린 모양이군요."

리샤오중은 넘치는 뱃살과 턱살을 손으로 쓰다듬으며 말했다.

"사람은 본분에 맞는 일을 할 때 가장 빛이 나는 법입니다. 나는 중국 중앙정부에서 당신이 하는 일을 관리하고 당신은 내 명령에 따라 움직이는 것이 맞다고 보는데요?"

"…그에 합당한 대가를 받는 것 또한 맞는 일이지요."

"거참, 그 일에 대한 얘기는 잠시 미뤄두자고 하지 않았습니까?"

"그 얘기를 하려고 왔는데 그 얘기를 미뤄두면 도대체 무슨 얘기를 하자는 겁니까?"

"앞으로 우리가 함께 가야 할 길에 필요한 얘기 말입니다. 이를테면 관리비 삭감이라든지……."

"……."

익히 알고 오긴 했지만 강수는 이 사람이야말로 칼만 안 들었지 진짜 강도라는 사실을 알 수 있었다.

'정말 말로 해선 들어먹지 않을 놈이로군.'

강수는 속으로 이를 갈았다.

"…좋습니다. 그럼 나중에 다시 올 테니 그때 다시 토의하는 것으로 하시죠."

"그럽시다. 그때까지 고비산맥을 잘 지켜주십시오. 부탁드립니다."

"물론이죠."

그는 중국 중앙정부가 있는 베이징 시가지를 떠나 외곽으로 향했다.

*   *   *

늦은 밤, 리샤오중은 베이징 비밀 클럽에서 거나하게 술을 마시고 있었다.

쿵쾅쿵쾅!

"하하하! 놀아라! 즐겨라! 오늘 이 자리는 내가 사는 것이다!"

"역시 의원님이 최고십니다!"

그는 자신을 따르는 열 명의 중앙정부 관리들을 데리고 1인당 네 명이나 되는 아가씨들을 붙여놓고 놀았다.

이 정도 금액이라면 일반 회사원이 한 달 내내 뼈 빠져라 일해도 모자랄 정도이지만, 그는 돈을 마치 물 쓰듯이 써댔다.

"자, 받아라!"

촤락!

"와아아아!"

"후후, 돈은 개랑 같아서 자신을 좋아하는 사람을 따라다 닌다. 사람 역시 마찬가지. 돈을 좋아하는 놈이 돈을 따라 다니고 그것을 쟁취하는 법이다."

그는 자신의 바지 지퍼 안에 돈다발을 넣어놓고 그것을 술 집 아가씨들에게 들이댔다.

"자, 가지는 년이 임자다!"

"어머나! 내가 먼저!"

"내가 먼저야!"

리샤오중은 돈을 놓고 혈전을 벌이는 그녀들을 바라보며 호탕하게 웃었다.

"하하하! 그래, 벗고 싸우는 것이 가장 볼 만한 싸움이지! 미국에서도 남자들이 트렁크 한 장 입고 피가 터질 때까지 싸 우지 않나? 그 역시 돈을 위한 것이지! 그렇다면 이 싸움도 그 들처럼 신성한 대접을 받을 필요가 있지! 그렇지 않나?"

"예, 의원님! 의원님의 말씀이야말로 지당하십니다!"

바로 그때, 술집 룸에 인기척이 들려왔다.

똑똑.

"실례합니다, 의원님."

"무슨 일인가? 지금 중요한 일 하고 있는 것 안 보이나?"

"죄송합니다. 하지만 말씀하신 스타일의 여자를 제가 데리고 와서 말입니다."

"오오, 그래?"

그는 무조건 어린 여자, 심지어 아직 중학교도 졸업하지 않
은 여자를 가장 좋아했다.

때문에 술집 지배인은 그의 성적 취향을 맞추느라 매일 머
리가 빠져나가는 것 같았다.

오늘은 대략 16세가량 되는 소녀가 그의 앞에 떨리는 모습
으로 섰다.

"저, 저……."

"후후, 그것 참 실하게 영글었구나!"

이윽고 그는 주머니에 있던 돈을 룸에 다 뿌리더니 이내 윗
옷을 입었다.

촤락!

"가져라! 다 필요 없다!"

"가, 감사합니다!"

남녀 할 것 없이 돈 앞에 마치 개미처럼 달려드는 광경을
보고 난 그는 소녀를 데리고 방을 나섰다.

"나는 이만 물러간다. 너희들끼리 즐기고 놀든 말든 알아
서 해라."

"살펴 가십시오!"

벌거벗은 상태에서도 그들은 리샤오중에게 깍듯이 고개를

숙이는 것을 잊지 않았다.

* * *

베이징 외곽에 위치한 러브호텔.

이곳은 리샤오중이 소녀들을 데리고 자주 오는 밀회 장소
였다.

그는 오늘 자신이 데리고 온 소녀에게 돈다발을 한 아름 안
기며 말했다.

"돈을 벌기 위해 왔으면 돈을 받아야겠지?"

"…감사합니다."

"흐흐, 그래, 오늘은 아이의 상태가 아주 좋군. 다음부터
지배인에게 팁을 듬뿍 주어야겠어."

이윽고 곧바로 옷을 벗는 그를 바라보며 소녀가 인상을 확
찌푸렸다.

"…뭐 하시는 건가요?"

"뭐 하는 것이긴, 너를 맛보려는 것 아니냐?"

"……"

바로 그때, 소녀의 손이 갈고리로 변했다.

쿠그극!

"으, 으응?"

"이 돼지 같은 자식, 지금까지 어린 소녀들을 얼마나 희롱하며 살아온 것이냐?"

순간, 그녀의 모습이 농염한 여인의 모습으로 변했고, 리샤오중은 인상을 찌푸린다.

"뭐, 뭐야? 이 늙은 노땅은 또 뭐야?"

"…후후, 그 소리가 쏙 들어가도록 만들어주마."

그녀는 리샤오중의 목덜미에 갈고리를 쑤셔 넣었다.

퍼억!

"크헉!"

"자, 이제부터 네놈은 살아도 산 것이 아닌 목숨이 될 것이다. 내가 장담하도록 하지."

그녀의 손에서 돋아난 갈고리는 몸속으로 들어가자마자 길이 5cm의 거머리로 변하여 혈관 속을 파고들기 시작했다.

꿀렁꿀렁!

"허, 허어억! 이, 이게 뭐야?"

"발버둥치지 않는 것이 좋다. 네가 움직이는 즉시 이놈들은 흥분해서 심장을 향해 달려갈 테니까."

"사, 살려줘!"

"죽지는 않는다. 하지만 산 것도 아니지. 후후, 지옥을 맛보게 해주마."

폴리모프를 푼 네르샤는 흑마술 중에서도 가장 악독한 사술인 베이드를 시전했다.

베이드는 사람 몸에 거대한 기생충을 풀어 그것이 술자가 원하는 방향으로 기어가도록 하는 사술이다.

이것은 술자가 죽거나 마법을 끝내지 않는 이상에는 계속되며, 그 고통은 상상을 초월할 정도이다.

그녀는 거머리들을 리샤오중의 고환으로 내려 보냈다.

꿈틀~

"어, 어어어?"

"어차피 다 늙어서 이런 물건은 필요 없잖아? 그렇지?"

"그, 그러지 마! 제, 제발 부탁이야! 제발 그곳만은 건드리지 말아줘!"

"이게 다 인과응보라는 것이다. 네가 이 물건을 함부로 써서 어린 소녀들을 욕보였으니 그에 합당한 벌을 받아야겠지?"

"내, 내가 잘못했다! 이렇게 빌게! 그러니 제발!"

"그래, 알아, 잘못한 것. 그러니까 벌을 받아야지."

그녀는 이내 고환에 달라붙은 거머리에게 피를 빨도록 지시했다.

"빨아 마셔라! 아무것도 남지 말고 빨아 마셔라!"

츕츕츕츕!

"끄아아아악!"

고환이 거머리에게 빨리는 기분은 경험해 보지 않으면 절대로 알 수 없는 끔찍한 일이다.

　　그는 산 채로 고환이 타들어가는 느낌을 있는 그대로 전해 받고 있었다.

　　몸을 좌우로 비틀거나 살며시 경련을 일으키는 것은 그가 미치지 않도록 이성이 몸을 제어하는 것이다.

　　하지만 이제 그 이성의 끈도 곧 끊어질 것으로 보였다.

　　"크흑흑! 이런 씨발! 네년을 죽여 버릴 것이다!"

　　"후후, 용기가 가상하군."

　　네르샤는 그의 얼굴을 발로 확 걷어차 버렸다.

　　빠악!

　　"쿨럭쿨럭!"

　　"더러운 자식, 지금까지 잘도 개 같은 짓을 하고 다녔겠다?"

　　그녀는 안 그래도 괴로워하는 그의 머리통과 몸통을 마구 짓밟기 시작했다.

　　퍽퍽퍽퍽!

　　"끄헉, 끄헉! 제발 몸은 밟지 말아줘! 고환이 떨어져 나가는 것 같아!"

　　"미친놈, 그러라고 거머리를 붙여놓은 것이다. 아파야 정상이야. 아마 지금의 그 고통이 그리워질 날이 올 거다. 지금 충분히 즐기라고."

"사, 살려줘!"

이미 이 러브호텔에는 사람이라곤 네르샤와 리샤오중밖에 없었다.

그가 아무리 소리를 질러봐야 도와주러 올 사람은 없다는 소리다.

*　　　*　　　*

리샤오중의 고환이 대략 25% 정도 남았을 때, 네르샤는 간신히 그에 대한 형벌을 멈추었다.

"자, 이제 그만할까?"

"선생님, 제발 저 좀 살려주십시오! 시키는 일은 무엇이든 다 하겠습니다!"

"으음, 정말?"

"물론입니다! 만약 사람을 죽이라고 지시하신다면 그렇게 하겠습니다!"

"내가 그런 치사한 년으로 보이나? 나는 그런 치졸한 여자들과는 달라."

"이, 이를 말씀이십니까?"

그녀는 리샤오중에게 중국 전도를 건네며 말했다.

"자, 여기 보이는 고비사막 있지? 이것을 이강수 사장에게 팔아."

"모, 모든 구역을 전부 다 말입니까?"

"아아, 너무 많은가?"

"아, 아니요! 그런 것은 아니지만, 동부 지역과 중북부에는 사람이 살고 있습니다. 그래서……."

"그래? 그럼 사람이 사는 곳 말고 서부 지역 750km를 팔면 되겠군. 그렇지?"

"하지만 그건……."

"불가능하다고? 어째서 그렇지?"

"일단은 저 혼자서 이 모든 사안을 결정하는 것이 아니기 때문에……."

"그렇다면 지금껏 네가 빼돌린 그 돈은 다 뭐야? 이 문제에 대해서만큼은 네가 전적으로 총괄하고 있는 것 아닌가?"

"돈과 영토는 다릅니다. 영토를 넘긴다는 것은… 조금 더 심각한 일입니다."

"하지만 고비사막 서부는 황사의 근원지로 여겨진다. 이런 곳을 구매해서 개조해 준다면 좋은 일 아닌가?"

"그렇기는 합니다만……."

"그런데 뭐가 문제야? 제 잇속을 챙기기 싫어서?"

"……."

"좋아, 그런 정신머리로 살아가야겠다면 남은 고환도 다 없애주도록 하지."

"아, 아닙니다! 하겠습니다! 무슨 일이 있더라도 꼭 성공하겠습니다!"

"진심이냐?"

"물론입니다! 대신 이 거머리들 좀……."

그녀는 고개를 가로저었다.

"으음, 그건 안 될 일이지. 네가 그 안건들을 제대로 처리하게 되면 거머리들을 떼어내 주지. 하지만 만약 실패한다면… 거머리들로 고환은 물론이고 음경까지 썩어 없어지도록 해주마."

꿀꺽!

마른침을 삼킨 그에게 네르샤가 겉옷을 던져주었다.

"입어라. 그리고 지금 당장 집으로 달려가라. 그 이후엔 무엇을 해야 할지 잘 알고 있겠지?"

"무, 물론입니다!"

"아 참, 그리고 말이야, 이 거머리들은 수술로 떼어낼 수 없어. 왜냐면 네가 아랫도리를 만지는 순간 꿈틀거리고 움직일 것이기 때문이지."

"그, 그럴 일 없습니다! 정말입니다!"

"당연히 그래야지. 그나마 그곳을 사용하려면 말이야."

"……."

"꺼져라. 꼴도 보기 싫다."

"가, 감사합니다!"

이윽고 문을 열고 나선 그는 미친 사람처럼 차를 향해 달려
갔다.

＊　　　＊　　　＊

이튿날, 리샤오중은 환경대책본부 의장으로서 중앙정부에
강수의 제안을 정식으로 건의했다.

공산당 중앙회의가 열리는 날에 이 안건이 최종적으로 발
의되겠지만, 그전에 일정 수 이상의 지지를 받아야 했다.

그는 자신이 아는 의원들을 일일이 찾아다니면서 고비사
막을 법인에게 팔고 그곳을 생태 지역으로 조성하자고 부탁
했다.

국수주의 의원들이야 당연히 반대하고 있었지만, 환경에
조금이라도 관심이 있는 사람들은 그것을 받아들이는 분위기
였다.

리샤오중은 자신이 아는 한 가장 영향력이 있는 장비홍 의
원에게 자문을 구했다.

그러자 그는 단 한 마디로 모든 것을 일축시켰다.

"죽음의 땅을 남에게 팔아서 이득이 되는 장사를 할 수 있다면 당연히 좋은 안건이 될 겁니다. 하지만 그렇지 않다면 좋지 않은 안건이 되겠지요."

"장사라…… 어떤 식으로 말입니까?"

"방법은 많습니다. 하지만 그중에서도 가장 좋은 방법은 자치령을 만드는 것이지요."

"자치령!"

"우리가 개인에게 돈을 뜯을 수 있는 방법이 과연 무엇이겠습니까? 그것은 바로 자치령을 만들어 세금을 부과하는 것이지요."

그제야 그는 무릎을 쳤다.

"아하, 그런 방법이……!"

"물론 처음에는 반대를 하겠죠. 하지만 그들도 야망이 있다면 우리의 제안을 받아들일 수밖에 없을 겁니다."

"흠, 그렇군요."

"일단 함께 발의를 해봅시다. 만약 이것이 성사된다면 우리에게도 뭔가 떨어지는 것이 있겠지요."

리샤오중은 슬그머니 미소를 지었다.

"당연한 말씀입니다. 우리도 재미를 좀 봐야 하지 않겠습니까?"

"후후, 그렇지요?"

바로 그때였다.

움찔!

"허, 허어억!"

"왜, 왜 그러십니까?"

"어, 어어어어억!"

"의사, 의사를 불러오게!"

"예, 의원님!"

별안간 갑자기 고환을 부여잡고 바닥을 뒹구는 리샤오중을 바라보며 그는 황당하다는 표정을 지었다.

"고환에 암이 있습니까? 아니면 무슨 지병이라도……?"

리샤오중은 미친 듯이 몸을 떨다가 갑자기 자리에서 일어나 외쳤다.

"아닙니다! 장사는 안 될 일이지요! 제, 제발 그곳을 일반인에게 분양하고 올바른 곳에 자금이 쓰일 수 있도록 도와주십시오! 제발 부탁입니다!"

"그, 그게 갑자기 무슨 뚱딴지같은 소리입니까? 이봐요, 리의원!"

"부, 부탁입니다! 제발 시도라도 함께 해주신다고 말씀해주십시오! 제 전 재산을 당신께 드리겠습니다!"

"허, 허어! 아, 알겠습니다. 일단 좀 진정하세요."

순간, 리샤오중의 얼굴이 일순간에 가라앉았다.

"후우!'

"이제 좀 괜찮으십니까?'

"좀 살 것 같네요."

그는 더 이상 자신의 뜻대로 살아갈 수 없는 운명에 놓이고
말았다.

'살아도 산 것이 아니군. 정말로 인과응보다……'

리샤오중의 눈가에 작은 이슬이 맺히는 것 같았다.

*　　　*　　　*

중국 공산당 중앙회의가 열리고 난 후, 리샤오중은 정식으
로 강수의 제안을 발의할 수 있었다.

그를 도와주겠다던 의원 20명이 지지표를 보낸 것이다.

그 결과 정부는 조건부로 강수에게 땅을 분양하겠다고 말
했다.

그것은 바로 사막에서 환경에 저해되는 행동을 할 수 없으
며, 만약 그러한 행동을 한다고 해도 중국 본토에 피해가 가
선 안 된다는 것이었다.

또한 중국 정부는 강수에게 단 1%의 지원도 해주지 않을
것이며, 앞으로 환경 개선의 여지가 보이지 않는다면 곧바로
땅을 회수하겠다는 조건이었다.

강수에게 있어선 이 모든 조건이 전혀 부담되지 않았으며, 오히려 쌍수를 들어 환영할 정도였다.

7월 초순, 리샤오중은 강수에게 고비사막 서부를 판매한다는 허가증과 그 채권을 발행해 주었다.

강수가 이 지역을 구매하는 데 들어간 돈은 땅값이 50조 원, 나머지 부대비용과 도로 사용 비용 등을 따지면 대략 52조 원이 들 것으로 보였다.

하지만 지금까지 강수가 받지 못한 임금 체불 금액과 관리 금액 등을 감가하면 대략 45조 원으로 경감될 예정이다.

일단 강수는 자신이 가진 자산을 모두 이곳에 지불하고 남은 금액을 중국의 국채로 돌려 이자와 함께 갚아나가기로 했다.

중국 정부 입장에선 조금이라도 더 많은 돈을 뜯어내야 하기 때문에 상당히 신중하게 채권을 발행했다.

그러나 강수는 북동그룹을 해체시키고 남은 돈을 1/n 하기로 했기 때문에 일시불로 남은 빚을 다 충당할 수 있을 것 같았다.

이제 남은 것은 북동그룹을 쳐부수고 이 지역을 전부 다 개간하는 일이었다.

강수는 750km 전 지역에 루야나드라는 이름을 붙이고 그곳에 총 4만 5천의 인원을 전부 다 투입시켰다.

휘이이잉!

"뜨겁군요."

"하지만 이런 곳이라곤 해도 우리가 고생하던 곳보다는 낫습니다."

아시스는 자신과 백성들이 살 땅을 개간하는 일에 누구보다 열성적이었다.

엔트 묘목을 심고 주변을 녹지화하는 일을 쉬지 않고 했으며, 끼니도 가끔 까먹곤 했다.

강수는 그런 그의 열성적인 모습에 조금은 감명 받고 있었다.

그는 열심히 일하고 있는 아시스에게 다가가 말했다.

"녹지를 모두 다 조성하고 나면 무엇을 먼저 하고 싶은가?"

"그런 것 없습니다. 그냥 제 가족과 함께 오붓하게 살고 싶군요. 듣자 하니 하이엘프 아가씨들 중에서도 참한 사람들이 많다던데, 제 아들들이 장가드는 모습도 보고 싶고요. 이런, 말하다 보니 하고 싶은 것이 너무 많군요. 죄송합니다."

"괜찮다. 그보다 더 말도 안 되는 것을 원하는 놈들도 널리고 깔렸는데, 뭐."

"이해해 주시니 감사할 따름입니다."

강수는 그의 어깨를 두드리며 말했다.

"이 사람들을 데리고 최선을 다해서 공사에 참여하도록. 다크엘프들이 스켈레톤을 부려 인력을 충당할 수 있을 때까지 말이야. 그전에는 우리가 좀 바쁘다."

"물론입니다. 걱정하지 마십시오."

그는 이 현장을 아시스에게 일임시키고 이제 본격적으로 북동그룹을 정리하기로 했다.

*   *   *

오렌지사의 오너가 바뀌고 난 후, 소너스 그룹 역시 주축이 바뀌었다고 할 수 있었다.

이는 모두 양희진이 노력으로 이뤄낸 결과였다.

양희진은 자신이 불철주야 뛰어다닌 결론이 슬슬 나고 있다고 믿었다.

그 가장 가까운 결과로는 러시아계 해결사들인 타이안이 움직이고 있었고, 동남아 계열 해결사 흑사도 함께 움직이고 있었다.

이들은 사람을 죽이는 것에 국한되지 않고 스토킹이나 감시, 감찰 등에 동원되었다.

이 모든 조직이 움직이는 것은 북동그룹이 슬슬 위기에 처했다는 것을 반증하는 것이다.

한마디로 이제 슬슬 저들도 더 이상 가만히 있을 수 없는 위치에 놓였다는 소리였다.

강수는 양희진에게 저들의 파상공세가 엄청날 것이라고 설명했다.

"최고의 암살자들입니다. 어디서 무슨 일이 일어날지 아무도 모릅니다."

"뭐, 그렇다면 이쪽은 오히려 반갑지요. 우리가 쫓아가서 일일이 처치하는 것도 일인데 그것을 알아서 해결해 주니 말입니다."

"정말 괜찮을까요?"

"걱정하지 마십시오. 그녀들은 일당백입니다. 또한 우리 쪽에도 최고의 히트맨들이 있습니다. 잘 아시지요?"

"그건 그렇지요."

제이스틴의 히트맨들은 자타가 공인하는 최고의 엘리트들이었다.

아마 다크엘프나 하이엘프가 없다고 해도 제이스틴의 히트맨들이 알아서 이 사태를 무마시킬 수도 있을 정도였다.

강수는 이제 자신에게 중요한 것은 히트맨들이 어떻게 움직이느냐가 아니었다.

"제가 말씀드린 주주들은 어떻게 되었습니까? 소재를 파악할 수 있어요?"

"물론입니다. 지금 그들이 어디서 무엇을 하는지 파악했습니다."

"그렇군요. 이제는 아버님께서 직접 나서실 차례입니다. 괜찮겠습니까?"

그녀는 다소 딱딱한 미소를 지었다.

"아버지께서 나서시는 것은 그분의 의지이기도 합니다. 또한 언젠가는 이 잘못된 모든 것을 바로잡아야 한다고 생각하기도 하시고요."

"다행입니다. 어르신께서 의지가 대단하셔서 말이죠."

"이 또한 복이죠. 아버지를 잘 만나는 것도 천운 아니겠어요?"

"…물론이죠."

지금의 강수에겐 아버지가 한처럼 가슴에 남아 있다.

그에게 아버지라는 존재는 더 이상 볼 수 없는 아련한 추억이기 때문이다.

"반드시 그분의 복수를 합시다."

"당연합니다. 제 아버지를 반신불수로 만든 놈들입니다."

"그래요. 내 아버지를 죽음으로 몰고 간 사람들이기도 하지요."

그녀는 강수에게 깊이 고개를 숙였다.

"지금까지 제가 당신에게 미안하다는 말을 제대로 한 적이 없는 것 같네요. 머리 숙여 사죄드립니다."

강수는 고개를 가로저었다.

"아닙니다. 사죄는 사태가 다 마무리되면 우리 마을로 직접 찾아가서 하십시오. 아직도 우리 마을은 그때의 타격으로 인해 가난한 삶을 연명하고 있습니다."

"알겠습니다. 당신의 뜻대로 하지요."

꼬였던 실타래는 양희진이라는 사람을 통해서 조금씩 풀리고 있었다.

*　　　*　　　*

북동그룹의 이사진을 제외한 대외적 주주들은 대부분 대한민국 강원도에 상주하고 있었다.

그들은 경영권에는 절대로 참여하지 않고 있었지만 표면적으로 북동그룹을 떠받치고 있는 기둥이나 마찬가지였다.

북동그룹은 이곳에서 출자된 자금으로 문어발식 확장을 했으며, 비공식적으로 엄청나게 많은 계열사를 만들어냈다.

이곳에서 출자된 금액을 가지고 연쇄적 지배 구조를 구축하였고, 그로 인해 전 세계 수많은 인사들을 좌지우지할 수 있었던 것이다.

아마도 이곳이 무너지게 된다면 고스트의 자금줄 역시 휘청거려 서서히 붕괴가 일어나게 될 것이 틀림없었다.

강수는 하반신불수가 되어버린 양휘철을 차로 수행하여 강원도 영월로 향했다.

강원도 영월에서 초호화 펜션 단지를 운영하고 있다는 대주주 이명석은 한때 양휘철의 동료였다.

하지만 양휘철이 사라지고 난 후엔 일선에서 물러나 대주주의 지분만 가지고 영월로 낙향했다.

아마도 그는 지금까지 양휘철이 죽었다고 생각하며 살아가고 있을 것이다.

강수는 내비게이션에 나온 위치를 몇 번이나 확인한 후 양휘철에게 도착했음을 알렸다.

"어르신, 이곳이 바로 이명석 씨가 사는 곳입니다."

"…그렇군. 그 친구도 이제는 다 된 모양이야. 이런 곳에서 살아가다니 말이야."

"사람은 누구나 살아가는 방식이 다른 법이지요. 나름대로 평화롭게 살아가는 방법을 선택하신 것 같군요."

"후후, 어쩌면 딱 그 성격과 맞아떨어진다고도 볼 수 있겠어."

강수와 양희진은 승합차에서 양휘철을 내려 휠체어에 그를 실었다.

그러자 그는 익숙한 손길로 휠체어를 움직여 이명석이 있다고 예상되는 펜션 사무실로 향했다.

끼릭끼릭!

다 낡은 휠체어이지만 양휘철은 자신이 죽을 때까지 이 물건을 버리지 않겠다고 선언했다.

그래서 양희진 역시 그의 휠체어를 전동으로 바꾸어주지 못하고 있었다.

강수는 그런 그의 뒤를 따라가 사무실의 문을 열어주었다.

딸랑!

그러자 사무실 안에서 지독한 소주 냄새가 물씬 풍겨왔다.

"딸꾹! 누구십니까? 요즘은 영업을 안 하는데요."

"…꼴이 아주 말이 아니군."

"뭐요? 이 양반이 근데 보자마자 무슨 개소리를!"

양휘철이 자신의 지갑을 그의 얼굴에 집어 던지며 말했다.

퍼억!

"정신 차려, 이 친구야!"

"…이건 또 무슨……?"

그는 양휘철이 집어 던진 지갑을 발견하더니 이내 믿을 수 없다는 듯이 고개를 갸웃거렸다.

"이건 휘철이, 그 친구의 지갑인데……."

"날세, 이 멍청한 친구야!"

순간 그는 초라해진 양휘철을 바라보며 입을 떡 벌렸다.

"허, 허억! 서, 설마……!"

"자네, 혹시나 내가 죽었다고 생각한 것은 아니겠지?"

"휘철이!"

그는 평생을 함께해 온 친구 양휘철을 품에 안았다.

그리곤 목 놓아 울며 지금까지 쌓아온 그리움을 모두 다 씻어냈다.

"흑흑, 이 무심한 친구야! 이렇게 멀쩡히 살아 있으면서 왜 연락을 안 한 거야?"

"사정이 있었네."

"…그리고 그 다리는 또 뭐야! 어떤 개자식이 이런 짓을 한 거야?"

"할 얘기가 많아. 술 한잔하겠나?"

"물론이지!"

이윽고 그는 두 사람의 뒤를 지키고 있는 강수와 희진을 가리키며 물었다.

"그런데 저 두 애송이는 누구야?"

"내 딸과 동료라네."

"아아, 희진이! 이제는 다 크다 못해 애 엄마가 될 지경이군."

"사실은 지나도 한참 지났지."

"…아버지!"

강수는 이명석에게 꾸벅 고개를 숙였다.

"이강수라고 합니다."

"저 애송이가 정혼자인가?"

"아닙니다. 그냥 동료입니다."

"빡빡하게 굴긴. 이럴 땐 그냥 맞다고 해주면 되는 걸세."

"죄송합니다만, 저는 이미 정혼자가 있어서요."

"하하, 그런가? 아깝군."

"송구하게 되었습니다."

"뭐, 이것도 인연인데 자네도 앉지. 한잔하자고."

"좋지요."

양휘철과 이명석은 이제 인생의 절반을 소모한 세월을 다시 되찾으려 한다.

제9장
제자리를 찾아가다

이명석은 양휘철의 얘기를 전해 듣곤 도저히 믿을 수 없다는 표정을 지었다.

"어떻게 형님이 그런 짓을……."

"인간이란 참 여러 가지의 얼굴을 가지고 있지. 형님 역시 그런 것 아니겠나?"

"형님은 자네가 돌아갔다며 아주 나흘 밤낮을 목 놓아 울던 사람일세. 그런 그가 배신을 했다니 믿을 수가 없어."

"그러게 말이야. 나는 내 다리가 이렇게 되었어도 한동안 그것을 믿지 못했어. 어떻게 내 혈육이 그런 짓을 할 수 있을까 싶어서 말이야."

"…형님이라고 말하기도 민망할 지경이군."

"후후, 씁쓸하지?"

"…속이 쓰리군."

그는 쓰린 속을 술로 달래더니 이내 강수에게 물었다.

"그래, 그래서 내가 도와주어야 할 것이 뭐라고?"

"저희들과 함께 주주들을 규합해 주시면 됩니다. 북동그룹의 대주주 자리를 되찾고 그 자리에서 양만철 회장을 밀어내는 것이지요."

"그 이후엔? 고스트는 아무나 무너뜨릴 수 있는 집단이 아니야."

"그에 대한 대책은 모두 다 갖춰놓았습니다. 이미 그들을 뛰어넘는 조직들을 손에 넣었거든요."

"흠, 그래? 그렇다면 일이 조금 쉬워지겠군."

그는 술을 마시다가 말고 자신이 가지고 있던 증권을 모두 양희진에게 양도한다는 증서를 꺼내 들었다.

틱!

"…자네, 마치 미리 준비라도 해둔 사람 같구먼."

"언젠가는 희진이가 나를 찾아와줄 것이라고 믿었네. 만약 그렇지 않았다면 나는 지금쯤 이곳에서 알코올 중독으로 죽어버렸겠지."

“그 희망이 헛되지 않다는 것을 반드시 보여드리겠습니다.”

“후후, 당연히 그래야지. 그렇지 않으면 우리가 보낸 허송 세월이 너무나 보잘것없지 않겠나?”

이윽고 그는 나머지 주주들의 행방에 대해서 물었다.

“그나저나 남은 놈들이 어디에 있는지 알고는 있는 건가?”

“예, 어르신. 남은 친구 분들이 어디에 있는지 찾아두었습니다. 대부분 강원도에 계시더군요.”

“아마 그렇겠지. 우리의 고향이 강원도 아닌가?”

“대부분은 낙향해서 살고 있습니다. 개중에는 이미 타계해서 볼 수 없는 분도 있지요.”

“저런……”

지천명의 나이가 지나고 환갑에 이르면 서서히 하나둘 죽는 친구들이 생겨난다.

두 사람 역시 세월을 비켜갈 수 없음에 씁쓸한 미소를 지었다.

“우리도 이제 그런 나이가 된 모양이구먼.”

“그러게 말일세.”

어느새 세월은 두 사람에게서 비정함만 남기고 모든 것을 앗아가 버렸다.

강수는 이들에게 잃어버린 세월을 되찾아줄 수 없음이 안

타까울 뿐이었다.

*　　　*　　　*

강원도 양구의 한 목축업장.

강수는 이곳에서 돼지를 키우고 있는 한상만을 찾았다.

그는 제2대주주로서 양휘철과 이명석의 오랜 친구이기도
했다.

세 사람은 20년이 넘는 세월을 돌아서 만난 서로가 너무나
반가워 계속 눈물을 글썽였다.

"…다시는 못 볼 줄 알았어."

"나 역시 그랬다네. 인생을 포기하고 살다가 희진이를 다
시 만나면서 인생을 되찾았어."

"효녀를 두었군. 아니, 여장부 딸을 두었어."

"감사합니다."

양휘철은 자신의 잃어버린 세월을 딸이 보상해 줄 것이라
고 굳게 믿고 있었다.

"우리가 힘을 합한다면 내 딸과 그 동료들이 우리에게 다
시 북동그룹을 되찾아줄 것이네. 그럼 앞으론 우리가 생각한
올바른 방향으로 회사를 이끌 수 있어."

"양지를 향한 사업 말인가?"

"그래, 양지를 향한 사업이지. 애초에 우리가 시작한 발단은 잘못되었지만 앞으로 그것을 바로잡으면 되는 것 아니겠나?"

두 사람은 고개를 끄덕였다.

"자네 말이 맞아. 모태가 잘못되었다고 모든 것이 잘못되라는 법은 없지."

"옳은 소리일세."

한상만은 양희진에게 자신의 모든 주식을 양도한다는 증서를 망설임 없이 써주었다.

이로 인하여 자신이 당할 수 있는 불이익 등에 대해선 아예 묻지도 않고 서명부터 해주었다.

그는 이제 자신은 이쯤에서 죽어도 여한이 없다고 말했다.

"사람이 살아가는 데 필요한 것이 몇 가지 있네. 그중에서도 가장 중요한 것은 바로 추억이야. 나는 추억을 되찾았으니 이젠 죽어도 좋네."

"이 친구, 그런 소리가 어디에 있나? 이렇게 만났으면 죽을 때까지 함께 해야지."

"후후, 그래, 그건 그렇군."

"앞으론 함께 낚시도 다니고 술도 마시면서 살자고. 이제부터라도 인생을 즐기는 거야."

"하하, 말만 들어도 좋군."

"그렇지만 그 모든 것을 이루자면 양만철 그 작자를 쓰러뜨려야 할 게 아닌가?"

강수는 그들에게 뒤는 자신이 책임진다는 인식을 심어주었다.

"제가 있습니다. 어르신들 뒤에는 제가 있으니 걱정하지 마십시오. 반드시 그를 쓰러뜨리겠습니다."

"고맙네, 든든한 친구야."

"칭찬 감사합니다."

이제 강수는 제3대주주와 남은 다섯 명의 친구들을 찾아 강원도 평창으로 향했다.

경기도 연천을 끝으로 모을 수 있는 최대한 지분을 매집했으나 희진과 강수는 대주주를 선출하기엔 지분이 조금 모자랐다.

"3%가 모자라네요."

"이것을 어떻게 한다… 이대론 그의 자금줄을 끊을 수 없습니다. 뭔가 방법이 없을까요?"

양희진은 굵고 짧게 결단을 내렸다.

"이사진 중 한 명과 손을 잡읍시다."

"이사진과 손을 잡는다? 그게 가능하겠습니까?"

"불가능할 것도 없습니다. 그들 역시 북동그룹에 충성하던 사람들이기 때문에 한때는 충신이었습니다. 그러다 돈에 물들어 그렇게 된 것이죠."

"그렇다면 그들을 끌어들일 방법도 있겠군요?"

"물론입니다. 물고기를 잡을 낚시꾼이 미끼 없이 어장으로 나섰을까 봐요?"

"하긴."

그녀는 자신이 가진 자산 중에서 유혹에 사용하기 가장 좋은 것을 놀랐다.

"저는 시우지마 회의 계열사 중에서 건설회사를 한 사람에게 넘길 겁니다. 그 정도면 충분히 북동그룹을 배신하고도 남겠지요."

"아버님께서도 허락하셨습니까?"

"어제 얘기를 해두었습니다. 아버지께서도 그렇게 하라고 말씀하셨습니다."

"좋습니다. 그럼 그 미끼를 가지고 제대로 낚시 한번 해봅시다."

두 사람은 이제 서울로 발걸음을 옮겼다.

*   *   *

서울 성북구에 위치한 한옥 건물.

이곳에는 북동그룹의 이사진 중 한 명인 임철영이 잠시 머물고 있었다.

그는 성북구 곳곳에 비밀 가옥을 구입해 놓고 거처를 옮겨 다니면서 잠을 잤다.

한옥 온돌방이 아니면 잠을 잘 수 없는 그이기 때문에 호텔을 잡을 수가 없었던 것이다.

그래서 그는 세계 각지에 한옥을 지어놓고 그곳에서 잠시 머물다가 거처를 옮기곤 했다.

임철영은 자신이 데리고 있던 중남미계 히트맨들을 한국으로 입국하도록 지시해 두었다.

"감히 나에게 도전하다니… 가소로운 놈들이군."

그는 애초에 히트맨으로 이 바닥에 뛰어들어 산전수전을 다 겪은 백전노장이었다.

이민수 같은 애송이와는 격이 다르다고 스스로 생각하고 있었다.

하지만 그런 그에게도 한 가지 걸리는 것이 있었으니 정말로 양만철이 정신을 놓았냐는 것이었다.

다른 것은 전혀 무섭지 않은 그였지만 양만철 한 사람만큼은 오금이 저리도록 무서웠다.

그래서 지금까지 분가나 배신을 하지 않고 북동그룹에 붙어 있는 것이었다.

이번 회장 경질 사건이 일어났을 때에도 어렴풋이 그가 사라졌으면 하고 바란 것이 사실이다.

"…제발 그랬으면 좋겠군."

언뜻 듣기론 그의 오른팔이자 두 번째로 무서워하는 양희진이 사라졌다고 했다.

그러니 그 역시 사라질 수도 있겠다는 기대감이 조금은 있었다.

하지만 기대감만으로 버틸 수 있는 것이 아닌 이 바닥이다.

따르르릉!

"그래, 나다."

─보스, 한국에 도착했습니다. 오늘의 안전가옥은 어디인지 알려주시면 저희들이 그쪽으로 가겠습니다.

"성북구에 있다. 자세한 위치는 문자메시지로 보내주마."

─예, 알겠습니다. 그나저나 보스, 미행이나 추격은 없었습니까?

"그런 것은 없었다. 이곳은 안전하니 안심해도 좋다."

─그렇군요. 알겠습니다. 지금 당장 출발하겠습니다.

"그래."

이윽고 전화를 끊은 부하들. 그는 이제 자신은 죽을 일이 없겠다고 생각했다.

"후후, 그래, 이제부터는 나도 기 펴고 살아갈 것이다!"

조금은 자아도취에 빠져 있던 그에게 황당하다 못해 아연 실색할 일이 벌어지고 만다.

부웅, 팟!

"허, 허억!"

"여기에 있었군. 한참 찾았네."

"귀, 귀신?"

"후후, 귀신은 무슨, 이렇게 멀쩡하게 돌아다니는 귀신 본 적 있나? 하긴, 귀신이 멀쩡히 돌아다니긴 하나?"

하늘에서 사람이 뚝 떨어지다니, 그는 자신의 정신이 어떻게 된 것이 아닌지 의심했다.

"내, 내가 미쳤나?"

"뭐, 절반쯤은 맞는 얘기군. 하지만 아직 뇌가 아주 맛이 간 것은 아닌 것 같아."

그는 이내 임영철의 목덜미를 쳐서 기절시켰다.

퍼억!

"……"

"잠들었군."

이제 그는 임영철을 어깨에 들쳐 메고 안전가옥을 빠져나 갔다.

*   *   *

늦은 오후, 강수는 임영철을 거제의 한 시골집으로 데리고
왔다.

"으음."

"정신이 좀 드나?"

"이, 이곳은……?"

"네 부하들이 찾아갔을 안전가옥과는 무려 네 시간 넘게
떨어진 곳이지."

"…네, 네놈은 누구냐!"

"후후, 그게 궁금한가? 지금 네가 궁금해야 할 것은 왜 이
곳에 왔느냐가 아니겠어?"

"네가 누구인지 밝혀지면 그 이유 또한 밝혀지겠지."

"그래, 그렇다면 답을 주도록 하지."

이윽고 그의 앞에 양희진이 모습을 드러냈다.

"임영철, 아직도 멀쩡히 살아 있었군."

"야, 양희진 이사?"

"으음, 이제는 이사가 아니지. 시우지마 그룹의 총수가 되
었으니 말이야."

"……"

"그나저나 듣자 하니 중남미에서 세력을 키웠다면서? 그런
말도 안 되는 짓거리는 왜 한 것인가? 어차피 돈만 버리고 말

것을."

"나, 나에게 원하는 것이 뭐야? 빙빙 돌리지 말고 그냥 말
해라."

그녀는 실소를 흘렸다.

"후후, 역시 참을성 없는 것은 변하지가 않았군."

"…조건을 말해준다면 그에 맞춰서 행동할지 생각해 보겠
다."

양희진은 그에게 시우지마 건설의 등기를 이전하는 데 필
요한 서류와 인감 등을 건넸다.

"이건 내가 너에게 주는 대가다."

"대가?"

"북동그룹의 주식을 나에게 모두 넘기고 일본으로 건너가
서 사는 대가 말이다. 앞으로는 북동그룹 안에서 발버둥 치며
살 필요 없어. 그냥 합법적인 사업을 하면서 사는 거지."

"…그게 말이 된다고 생각하나? 그들이 나를 가만히 내버
려 두겠나?"

"그것은 걱정할 필요 없다. 내가 알아서 해줄 것이다."

그녀는 자신이 북동그룹 총수가 되었을 때에 생겨날 특전
에 대해서도 설명했다.

"어차피 북동그룹과 고스트는 이젠 더 이상 하나가 아니
다. 그러니 복잡한 인과관계도 단박에 정리되겠지. 그렇다는

것은 네가 더 이상 누군가의 손에 놀아날 필요가 없다는 것과 같다. 이제 더 이상 누군가에게 속박되지 말고 혼자서 살아가도록 해주지. 어떤가?"

지금까지 임영철의 독립은 이뤄지지 않을 희망으로만 보였다.

그도 그럴 것이, 임영철은 지금까지 자신의 뜻대로 여행 한 번을 마음대로 해보지 못했기 때문이다.

하지만 이제 그런 지겨운 생활에서 벗어날 수 있다는 소리이다.

"나를 따른다면 반드시 그만한 대가를 지불 받게 될 것이다. 하지만 그렇지 않다면 평생 그 꼴을 벗어날 수 없을 것이다."

"……."

너무나 갑작스러운 제안이었지만 그는 이것이 일생일대의 기회라는 것을 눈치챘다.

"…하필이면 나에게만 이런 제안을 하는 이유가 있나?"

"글쎄, 네가 만만해서일 수도 있고."

"후후, 직설적인 것은 여전하군."

가벼운 농담을 받아들인 그는 살며시 고개를 끄덕였다.

"좋다, 너희들과 함께하겠다."

"잘 생각했다."

그는 양희진에게 주식 양도에 관한 서류를 부탁했다.

"필요한 서류는 알아서 준비해 줄 수 있겠지?"

"당연한 소리다."

"내 가족들의 소재를 알려줄 테니 나와 함께 보호해 다오."

"알겠다."

강수는 그가 알려준 주소로 사람들을 보내어 경비행기로 안전지대까지 올 수 있도록 배려했다.

*　　　*　　　*

타이안의 히트맨들이 대거 한국으로 들어옴에 따라 7명의 이사진도 자신이 가진 전력을 최대한 많이 동원하여 방어를 펼치고 있었다.

서울 상암동에 위치한 북동그룹 진청명 이사의 아파트로 100명이 넘는 히트맨들이 들이닥치고 있었다.

뚜벅뚜벅!

끝도 없이 울려 퍼지는 발소리를 따라서 히트맨들이 그의 집 앞에 일렬로 늘어섰다.

"이곳이 확실한가?"

"예, 보스. 확실합니다."

"좋아, 문을 박살내고 안으로 들어간다!"

"예!"

쾅!

무려 특수부대용 돌입 망치로 문을 두드려 부순 그들은 일제히 권총을 꺼내 들었다.

척!

"상황은 어떤가?"

"아무도 없습니다!"

"…뭐라?"

순간, 그들의 뒤통수로 수백 발의 총알이 날아들었다.

핑핑핑핑!

"크헉!"

"후방에서의 사격입니다!"

"젠장! 매복을 하고 있었단 말인가?"

"후후, 멍청한 놈들이군! 이렇게 협소한 아파트에서 총격전이나 벌이려 했단 말이야?"

"…빌어먹을 놈 같으니! 어서 몸을 숨겨라!"

그의 외침에도 불구하고 타이안의 히트맨들은 속절없이 죽어나갈 뿐이다.

아무리 고도로 훈련 받은 사람들이라곤 해도 이렇게 좁은 공간에선 어쩔 도리가 없었던 것이다.

총알을 몸으로 받아내는 것만으론 방법이 없다는 것을 알고 있었지만, 그는 이곳에서 한 발자국도 움직일 수가 없었다.

"반드시 네놈을 죽이고 말 것이다!"

"후후, 좋을 대로!"

진청명이 심어둔 매복 병력이 적들을 거의 다 정리해 나갈 즈음 불현듯 건물 밖에서부터 방송 소리가 들렸다.

─경찰이다! 모두 손을 들고 투항하라! 다시 한 번 반복한다!

"거, 경찰?"

"…오늘 우리가 매복하여 적들을 사살할 것이라는 것을 어떻게 알고 있었던 것이지?"

아무리 진청명이 자신을 방어하기 위해 매복을 지시한 것이라곤 하지만 이들은 엄연히 사람을 총으로 쏴 죽인 범죄자들이다.

이대로 경찰에게 붙잡히면 도대체 몇 년형을 받을지 알 수 없었다.

"제기랄!"

"보스, 어서 피하십시오! 붙잡히면 끝입니다!"

"알겠다!"

그는 비상용 엘리베이터를 타고 지하 3층에 있는 비밀 통로를 향했다.

팅!

하지만 그 입구에는 이미 중무장한 경찰특공대 병력이 진을 치고 있었다.

촤라락!

"손들어! 움직이면 쏜다!"

"…재수 옴 붙었군!"

"두 손을 머리 위로 올리고 무릎을 꿇어라!"

"도대체 누가……?"

"신고자의 신변은 보호해야 하는 법이지. 놈을 묶어 이송한다!"

"예!"

그의 화려하던 인생이 너무나 어처구니없이 막을 내리고 있었다.

*　　　*　　　*

이민수는 러시아에서 대동한 히트맨들이 대거 경찰에 붙잡힘에 따라 동남아계 히트맨들로 일을 마무리하려 일을 꾸몄다.

하지만 그마저도 여의치 않게 될 것 같았다.

타이안의 히트맨들이 죽거나 경찰에 잡히면서 국정원과 공안부가 본격적으로 움직이기 시작했기 때문이다.

이제 당분간 한국에 있는 외국인에 대한 검문과 검색이 강화되며, 이는 인종을 가리지 않고 실시되었다.

멀쩡하게 돌아다니는 외국인 관광객들부터 한국에 상주하는 외국인들까지 수색하는 판국에 히트맨들이라고 무사할 리가 없었다.

그의 지시가 떨어지기도 전에 히트맨들은 하나둘 동남아시아로 돌아가기 시작했다.

―보스, 아무래도 때가 좋지 않은 것 같습니다.

"…그렇다고 알파의 지시를 무시하면 조직이 온전히 돌아가겠나?"

―알파도 알파 나름이지, 일이 너무 복잡하게 꼬여 버렸습니다. 그리고 듣자 하니 북동그룹의 오너께서 쓰러졌다고 하더군요. 그런데 무슨 알파 운운하시는 겁니까?

"반항이냐!"

―그저 옳은 일을 할 뿐이지요. 그럼.

뚝.

달랑 전화 한 통만 남기고 동남아시아로 돌아가 버린 히트맨들 탓에 이제 이민수에게 남은 부하는 아예 전무한 상태가 되었다.

만약 지금 그에게 적들이 화력을 집중시킨다면 고스트의 심장부는 유리처럼 파괴된다고 볼 수 있었다.

팟!

북동그룹 본사 회의실에 홀로 남아 있던 그에게 한 남자가 허공에서 뚝 떨어져 다가왔다.

"네가 이민수인가?"

"…공중에서 사람이 뚝 떨어져?"

"아쉽지만 이게 현실이다. 네놈은 공중에서 뚝 떨어진 남자에게 당해서 반신불수가 될 것이다."

"뭐라?"

"물론 네가 검찰청으로 끌려가 조사를 받을 때쯤이면 무사히 깨어날 수도 있겠지. 하지만 다시는 재기할 수 없을 것이다. 그때쯤이면 이미 고스트는 해산될 것이고 북동그룹은 양희진 회장의 손에 넘어갈 테니까."

"…죽인다!"

철컥!

그는 재빨리 권총을 뽑아 들었지만 사내의 손이 그보다 열 배는 더 빨랐다.

퍼억!

"크헉!"

"그렇게 굼벵이처럼 느려서 무슨 일을 해먹겠다는 건가? 너희 조직도 참 답답하기 이를 데가 없구나."

"…빌어먹을!"

"그래, 실컷 지껄여라. 아마도 그것이 네가 하는 일반인과의 마지막 대화가 될 테니까."

이윽고 사내의 손이 그의 목덜미로 작렬했다.

빠악!

뚜두두두둑!

"으허어억!"

"뼈가 부러진 것은 아니다. 척추가 어긋나면서 척수가 엉킨 것뿐이야. 아마도 조만간 다시 제자리를 찾을 것이다."

사내는 그를 바닥에 눕혀놓고는 그 옆에 몇 개의 파일을 일렬로 늘어놓았다.

"자, 이젠 콩밥을 한번 먹으러 가볼까? 이게 무엇인지 궁금하지? 지금까지 네가 저지른 죄에 대한 상세 목록이다. 이렇게까지 세세히 정리해서 신고하는데 너를 감옥으로 보내지 않을 사람은 없겠지."

"……."

"잘 살아라. 감옥의 풍경도 그리 나쁘지만은 않을 거야."

"……!"

그의 눈가에 피눈물이 고이더니 이내 몸이 딱딱하게 굳어가기 시작했다.

*　　　*　　　*

북동그룹 휘하의 히트맨들이 뿔뿔이 흩어지면서 고스트의 존재는 점차 수면 아래로 가라앉게 되었다.

양희진은 북동그룹의 지분 55%를 차지하면서 스스로 회장으로 취임했다.

그와 동시에 7명의 이사진을 전부 감옥으로 보내어 남아 있는 주식까지 전부 회수했다.

그녀는 아버지 양휘철을 포함한 15명에게 다시 지분을 돌려주고 그에 합당한 직함을 내렸다.

하지만 그들은 원래 자신들이 칩거하던 강원도 산골로 들어갔다.

지금까지 자신들이 살아온 인생에서 잃어버린 것을 되찾기 위한 시간을 갖기로 한 것이다.

강원도 태백의 한적한 시골 마을.

이곳은 양희진에 의해 열다섯 개의 가옥이 전부 새로 지어졌다.

그리고 하루에 한 번씩 포장마차와 한식조리사가 파견되어 마음이 동할 때마다 친구들과 어울려 술을 마실 수 있었다.

또한 이곳에 상주하는 마을버스 기사가 있기 때문에 시가지로 나갈 때에도 큰 불편함이 없도록 했다.

그녀는 이 모든 시설들을 갖추어놓고서도 그들이 일선에

서 물러난 것을 편히 여기지 않았다.

"이사님들께서 물러나시면 북동그룹이 앞으로 나아갈 수가 없습니다."

"요즘 젊은 사람들도 경영을 잘한다고 하더군. 예전처럼 현장에서 구르면서 배운 지식보다도 정형화된 학문이 더 뛰어나기 때문이겠지?"

"그래도 이 바닥에서 잔뼈가 굵은 이사님들에게는 한참 미치지 못합니다. 그러니……"

양휘철은 딸의 손을 꼭 잡으며 말했다.

"이제 우리가 살날은 그리 많지 않아. 이렇게 친구들끼리 함께 모여서 매일 술이나 마시고 낚시나 다니는 것이 하나의 낙이라고나 할까?"

"아버지……"

"비록 내가 반신불수에 할 수 있는 일이라곤 아무것도 없지만, 아버지로서 부탁 하나만 하마. 앞으로 우리를 뒷방 노인네로 대해다오."

그녀는 어쩔 수 없이 고개를 끄덕였다.

"예, 아버지. 그럼 이강수 회장을 비롯한 제 동료들과 함께 어떻게든 회사를 양지로 이끌어보겠습니다."

"그래, 너는 인복이 많으니 잘해낼 수 있을 거다."

"네, 아버지."

이제 그녀는 더 이상 아버지와 그 동료들에게서 도움을 받을 수 없다는 것을 깨달았다.

그리고 그와 함께 자신 혼자서 이 세상을 헤쳐 나가는 새로운 여행이 펼쳐졌다는 것도 동시에 깨달았다.

그녀는 강수에게 전화를 걸었다.

"이강수 회장님? 말씀하신 지분과 돈을 드리면 정말 부회장을 겸임해 주시는 겁니까?"

―이를 말씀이십니까?

"좋아요. 지금 당장 제가 그쪽으로 가겠습니다."

이제 그녀는 강수라는 사람과 그가 이끄는 집단에 속하기로 마음먹었다.

*　　　*　　　*

계약을 추진한 지 정확히 한 달, 강수는 완연한 여름이 되어서야 고비사막에 대한 대금을 모두 지불할 수 있었다.

그리하여 그는 이제 고비사막의 개발권을 온전히 얻어내고 그곳을 마음껏 개발할 수 있게 되었다.

끼릭, 끼릭.

다크엘프들이 만들어낸 스켈레톤들이 사막 곳곳에 엔트 묘목을 심어 녹지를 조성하고 있다.

강수는 그 위를 지나는 기후 조건을 바꾸어 일정하게 비가 내리도록 만들었다.

쏴아아아아!

고비산맥을 타고 흐르는 750km의 거대한 강은 끝도 없이 순환되어 이 땅을 비옥하게 살찌울 것이다.

그는 이제 이곳에 중장비들을 동원하여 산을 가꾸고 그 위에 아파트를 올릴 수 있도록 기반 시설을 닦는 중이다.

쿵쾅, 쿵쾅!

엄청난 소음이 고비산맥 개발 지역, 즉 루야나드 지역에 울려 퍼지고 있었다.

귀가 찢어질 것 같은 소음이 계속되고 있었지만 이곳에 입주하게 될 주민들의 표정은 무척 밝았다.

강수는 이제부터가 진정한 시작이라고 생각했다.

"어서 움직이자! 할 일이 태산이다!"

"예, 마스터!"

앞으로 강수는 4만 5천의 시민에게 '마스터'라는 칭호로 불리게 될 것이다.

제10장
행복을 찾아서…

11월 중순.

루야나드에 드디어 아파트 단지의 초석이 다져지고 있었다.

산을 최대한 훼손시키지 않으면서도 사람이 가장 살기 좋은 생활환경을 조성하다 보니 기초공사가 늦어진 것이다.

하지만 앞으로 아파트가 완성되는 데 걸릴 시간은 그리 길지 않을 것이기에 늦어도 내년 1월이면 입주가 가능할 것으로 보였다.

끼릭, 끼릭.

다크엘프들이 소환한 스켈레톤과 좀비들이 하루 종일 쉬지 않고 일을 해주는 덕분에 공사 기간은 1/10로 단축이 될 것이다.

그렇다면 이제 강수가 준비해야 할 것은 아파트 단지 주변에 들어설 편의 시설과 각종 필수 시설들일 것이다.

그는 가장 먼저 인간이 살아가는 데 필요한 식량을 자급자족하는 시스템을 만들기로 했다.

뚝딱, 뚝딱!

고비산맥은 강수의 기후 개조로 인하여 사계절이 뚜렷하고 상당히 무난한 강수량을 보였다.

그렇다면 논농사를 지어도 무방할 것이고 밀이나 보리를 키워도 상당히 평탄한 생활을 할 수 있을 터였다.

그는 사각형 밭에 씨앗을 뿌리고 그 위에 엔트의 수액을 골고루 도포했다.

슉슉슉!

스프링클러를 통해 도포된 엔트의 수액은 그것이 닿는 곳마다 식물이 백 배 정도 빠르게 자랄 수 있도록 해주었다.

이것은 강수가 한 달 동안 개발에 매달려 완성시킨 기술로, 농업의 혁명이라고 할 수 있을 정도였다.

하지만 앞으로 이 방법은 오로지 루야나드에서만 사용될 수 있을 것이다.

그는 1차산업으로 수출까지 생각하고 있기 때문에 이 기술력은 그 어떤 누구도 알아선 안 될 터였다.

강수는 논과 밭을 관리하는 농부들에게 1인당 100만 평의 할당량을 주고 그것을 현실화할 수 있는 자동화 시스템을 구축해 주었다.

그들은 기계로 농사를 짓고 기계로 일주일에 한 번씩 수확하는 일을 하게 될 것이다.

물론 그에 필요한 노동력은 스켈레톤과 좀비들이 충당하게 된다.

강수는 제1농업 지역을 방문하여 그들에게 필요한 것은 없는지 알아보고 있었다.

"불편한 점은 없나?"

"예, 마스터. 농사가 너무 잘 지어져서 고민입니다. 세상에, 이렇게 먹을 것이 풍부하다니… 이젠 정말 죽어도 여한이 없겠습니다."

"하하, 죽으면 쓰나? 이제부터가 진짜 시작인데."

그는 농업 지역의 농부들에게 밖에서 가지고 온 공산품을 나누어주며 말했다.

"앞으로는 이렇게 만들어진 가공식품도 생산하게 될 걸세. 물론 그것을 가공하는 사람은 공업단지에 있겠지만 그 기반을 다지는 것은 자네들의 몫일세."

"명심하겠습니다."

"앞으로 더 좋은 아이디어가 떠오르거든 곧장 나를 찾아오게."

"예, 알겠습니다."

이제는 점점 더 빠르게 발전해 나갈 루야나드이지만 아직까진 그 수준이 이계 시절에 머물러 있었다.

강수는 그것을 개선하여 이곳을 최고의 도시로 만들어 나갈 생각이다.

*　　　*　　　*

루야나드 남부는 공업지대가 길게 늘어서 있는데, 이곳의 공장들은 모두 석탄이나 석유를 사용하지 않는 친환경 기계들을 사용했다.

이것은 강수가 중국 정부와 계약한 조건이기도 했지만 연료비를 절감하기 위한 그의 방책이기도 했다.

루야나드 전 지역에 공급되는 전기는 모두 마나의 공회전으로 얻어지는 것들이다.

강수는 마나로 거대한 코어를 만들고 그것이 자연 물질과 화합되지 않으면서 발생되는 반발력으로 에너지를 생산하고 있었다.

이 효율은 원자력의 백 배 이상이기 때문에 작은 발전기 하나만 있어도 도시 하나를 충분히 돌리고도 남을 정도였다.

위이이이잉!

이것을 관리하고 계량해 나가는 것은 오로지 아르테미스의 몫이었다.

그녀는 자신이 쌓은 지식을 기반으로 마법과 용언을 과학에 접목시켰다.

그로 인해 발명된 이 마나코어 발전기는 그녀의 모든 것이 담긴 역작이라고 할 수 있었다.

아르테미스는 이제 제법 성숙한 모습의 여인으로 변신할 수 있게 되었는데, 그 미모가 도시 전역을 떠들썩하게 만들 정도였다.

요즘 그녀는 마나코어 발전기가 있는 공업단지에 머물면서 타 지역에 사용할 수 있는 마나코어를 추가로 만들고 있었다.

총 15개의 발전기를 두고 그것을 이용하여 실생활에 필요한 에너지를 만들어내고 그것을 축적하여 수출할 생각인 것이다.

그녀는 전기를 충전하여 수출하는 데 필요한 기술력을 습득하느라 하루가 어떻게 가는지도 모를 지경이다.

똑똑.

그녀의 작은 연구실을 찾은 강수는 인기척도 듣지 못한 채 열중하고 있는 아르테미스에게 다가갔다.

"열심히 하고 있군."

"왔나?"

"연구는 어떻게 되어가고 있나?"

"이제 막 건전지를 어떻게 생산할지에 대한 공식을 완성했다. 앞으론 건전지를 수출하고 남은 폐건전지를 다시 활용해서 재충전하는 방식으로 발전시킬 생각이다."

"오호, 그것 참 기발한 아이디어군."

"우리만 사용할 수 있는 건전지를 만들게 되면 폐건전지 회수율은 거의 100%에 육박할 테니 한마디로 재테크가 되는 셈이지."

아르테미스의 머리는 이제 막 지식의 가속도를 받고 있는 중이라서 신선한 아이디어가 마치 샘물처럼 솟아나고 있었다.

강수는 최대한 그녀의 아이디어에 맞춰 도시를 발전시킬 수 있도록 최선을 다하고 있는 중이다.

"필요한 것이 있다면 말해라. 즉시 준비해 주겠다."

"실험에 필요한 기자재들을 수입해 줘. 이 근방에서 나지 않은 물질이 꽤 있어."

"알겠다. 그에 대한 목록을 작성해 주면 며칠 내로 구해오도록 하지."

"고맙군."

이제 두 사람은 주종관계를 넘어서 파트너로 발전해 나가는 중이었다.

＊　　　＊　　　＊

아파트 단지 인근에는 거대한 상가 단지가 들어설 예정인데, 이곳에 주민들이 사용하게 될 버스정류장이 지어지고 있었다.

이곳 버스정류장에는 마을버스, 시내버스, 시외버스 등이 운영되며, 그 운영 비용은 전액 강수가 부담한다.

버스를 운영하는 자금 자체가 거의 들지 않기 때문에 부담은 그리 크지 않았다.

아르테미스가 발명한 충전지를 버스에 부착하고 그것으로 매일 운행하기 때문에 유지비 자체가 발생하지 않는 것이다.

강수는 버스기사들에게 두둑한 월급을 주고 사회에서 꽤 높은 지위를 약속했다.

이 도시에는 모두에게 공헌하는 사람이 최고로 대우를 받기 때문에 버스기사 역시 그에 속한다고 볼 수 있었다.

끼익!

"제3지역 가시는 분, 탑승하세요!"

히트맨 출신의 가브리엘은 동부와 중부를 잇는 1, 2, 3지역을 다니는 버스기사이다.

그는 하루에 총 여덟 시간을 운전하며 동료들과 3교대로 24시간 버스를 운행시키고 있었다.

이 도시에는 택시라고 할 만한 수단이 없기 때문에 시민의 발인 버스가 없으면 이동이 불가능했다.

그래서 이들은 일정한 기간을 두고 쉬는 시간을 만들어 자율적으로 버스를 운행하고 있었다.

강수는 그가 운영하는 버스에 올라 점점 완성되어 가는 도시를 바라보았다.

이제는 제법 큰 건물들이 많이 올라왔고, 도로 역시 잘 다져졌기 때문에 상당히 고급스러우면서도 번화한 도시가 만들어지고 있었다.

강수는 이대로 시간이 조금만 더 흐르면 루야나드가 세계 최고의 도시가 될 것임을 믿어 의심치 않았다.

'모든 것이 순조롭다.'

그는 지금과 같은 분위기가 죽을 때까지 이어졌으면 하는 바람이다.

루야나드 북부에는 경찰과 군인을 양성하는 기관이 위치

해 있었다.

강수는 루야나드 사관학교를 설립하여 경찰과 군인을 동시에 교육할 수 있도록 했다.

사관학교에 입학한 학생들은 1학년은 공통 과목으로 기본 군사교육과 기초 법학을 습득하게 된다.

그리고 2학년부터는 본격적으로 경찰학과와 군사학과로 나뉘어 전공을 세분화시키고 그 안에서 병과나 계열을 정하게 되는 것이다.

아시스의 세 아들은 각각 군인과 경찰로 진로를 정했다.

첫째 아들 나르시스는 사관학교 통합 최우수 학생으로서, 전교회장을 역임하고 있다.

그는 육군 보병학을 전공하고 앞으로 특수부대에 전입하여 군에 배속되는 것이 꿈이다,

사관학교를 졸업하는 모든 학생은 전부 이등병부터 군 생활을 시작하게 되는데, 이것은 루야나드의 특성 때문이었다.

루야나드는 군대를 모두 전문 인력으로 양성하여 한 번 진로를 정하면 퇴역이 없는 군 생활을 보내게 된다.

그로 인해 진급도 더디고 호봉의 추가도 무척이나 느린 편이지만 월급이 그만큼 많이 지급되었다.

복리후생도 최고에 사회적인 지휘도 거의 최상급이라고 볼 수 있었다.

그중에서도 루야나드 육군 특수부대는 전 군에서 가장 실력 좋은 엘리트들만 차출하는 곳이다.

이곳에 들어간다는 것은 명예로운 시민으로서 자긍심을 갖게 되는 일이었다.

특수부대에 들어간다고 해서 다른 군인들보다 더 대우를 받는 것은 아니었지만 스스로 자긍심이 고취된다.

해서 사관학교에 입학한 학생이라면 무릇 이 육군 특수부대를 꿈꾸었다.

나르시스는 자신의 동생이자 경찰 지망생인 루시우스와 함께 구내식당을 찾았다.

"많이 먹어라."

"형도."

이곳 식당은 루야나드에서 생산되는 곡식과 고기로 식단을 짜는데, 음식 맛은 그리 좋은 편이 아니었다.

균형 잡힌 식단을 고수하다 보니 설탕이나 소금을 최대한 배제하여 조리하기 때문이었다.

미각을 포기해야 한다는 것은 상당히 괴로운 일이지만 사관학도들은 이 또한 아주 감사하게 먹었다.

자연식으로도 충분히 몸을 만들 수 있다는 것은 아주 반가운 일이기 때문이다.

매일 고된 훈련에 체력 테스트로 얼룩진 그들에겐 고단백

음식이 약이나 마찬가지였던 것이다.

나르시스는 경찰특공대를 지향하고 있는 루시우스에게 이런저런 조언을 해주었다.

"체력 관리는 어떻게 하고 있어?"

"아침에 두 시간, 점심에 30분, 저녁에 두 시간 정도 운동해."

"흠, 그 정도론 특공대에 들어가기 힘들 텐데? 알지? 육군 특수부대보다 특공대의 체력 테스트가 더 지독한 것."

"알긴 알지."

육군 특수부대가 명예의 전당이라면 경찰특공대는 괴물생성소라는 별명을 가지고 있었다.

극한의 체력 시험과 그에 걸맞은 임무를 부여받는 특공대는 선발 절차부터 일반인에게 공개되어 있지 않았다.

그래서 전 경찰 지망생이 하루 종일 운동만 하고 있지만, 그래도 경쟁률이 100 대 1이 넘었다.

이들은 체력 테스트를 마치면 그와 동시에 매일 전술 훈련만 하기 때문에 일반 경찰이나 군인들과는 아예 동떨어진 존재들이다.

하지만 이 땅에서 가장 강한 사람이라는 칭호를 받기 위해 매일 정진에 정진을 거듭하는 것이다.

나르시스는 엔트의 수액을 그에게 건넸다.

"이것을 마시면서 운동을 해봐. 마스터께서 추천하신 거야."

"…맛이 별로 좋지 않잖아?"

"하지만 현직 특공대들이 물처럼 복용한다고 하니 너도 마시는 편이 좋을 거야."

"오오! 그렇단 말이지?"

사관학도라면 모두 강수를 우상으로 생각한다.

만약 그가 직접 군을 이끌고 전쟁에 참전한다면 사기가 말도 안 될 정도로 증가할 정도이다.

"다음 테스트는 내가 보조해 줄게."

"고마워."

이제 이 꿈나무들이 루야나드의 미래를 짊어지게 될 것이다.

*　　　*　　　*

루야나드 전역 750km를 잇는 철도는 동부에서부터 만들어지는 중이다.

쿵쾅, 쿵쾅!

아직까지 철광석을 채취하는 광산을 보유하지 못한 루야나드는 전적으로 수입에 의존하고 있었다.

그래서 동부에 제철공장을 짓고 그곳에서 철강 제품들을 찍어내어 루야나드 전역으로 공급하게 되는 구조를 선택했다.

반년 전부터 시작한 철도 공사는 이제 거의 절반쯤 완성되어 가고 있었다.

강수는 공사 현장을 시찰하면서 아르테미스가 개발하고 있는 자기부상열차와 트럼의 길목을 확인했다.

"초전도체가 떠다닐 공간인데 마무리가 좀 아쉽군."

"시정하겠습니다."

철도를 시공하고 있는 이들은 크룩이 이끄는 오크와 고블린들이었다.

이제 그들은 몬스터 특유의 습관이던 '크룩'과 '키헥'이라는 소리를 내지 않게 되었다.

그들은 이제 자신들의 본능까지 완벽하게 제어할 수 있게 된 모양이다.

크룩의 부관이던 키헥은 철로에서 갈라지는 지하철의 레일을 만들어 나가고 있었는데, 그 고단함이 이루 말로 표현할 수 없을 정도였다.

강수는 아직도 땅속으로 들어가 나오지 않고 있는 키헥의 노고를 치하하는 방법을 강구했다.

"키헥이 지하철도를 완성하면 뭔가 보상을 해야 하지 않겠나?"

"안 그래도 그에 대해 많이 생각해 보았습니다."

"좋은 방안이 있나?"

"아무래도 그에게 도시철도의 총괄을 맡기는 것이 어떨까 싶습니다."

"아하, 직급을 올려주잔 소리군."

"도시철도청 청장이라면 그가 상당히 만족해하지 않을까요?"

"하긴 녀석이 유독 명예에 집착하긴 하지."

"그에게 아무리 많은 금은보화를 준다고 해도 청장만큼 만족스럽지는 못할 겁니다."

"좋아, 그럼 그에게 청장 자리를 맡기도록 하지."

그리고 지금 크룩의 정식 직함은 루야나드 시장이었다.

앞으로 루야나드는 25개의 행정구역으로 나뉘게 될 예정인데, 그렇게 되면 크룩은 루야나드 수도의 시장이 되는 것이다.

상당히 명예로운 자리이지만 그는 오로지 강수에게 충성한다는 생각으로 임무를 수행할 뿐이었다.

"그나저나 비행장 건립에 대한 것은 어떻게 되어가고 있나?"

"활주로와 관제탑은 모두 완성했습니다. 다만 비행기 기술자가 없어서 정비공장을 건립하기 힘듭니다."

"비행기 기술자라…….."

"루야나드 시민 중 몇 명을 선발해서 외국의 비행학교에 입학시키는 것은 어떨까요?"

"으음, 그 또한 좋은 방법이군."

강수는 그에게 비행기 기술자 양성에 대한 프로젝트를 일임했다.

"정부와 접선하는 것은 내가 알아서 할 테니 자네는 지원자를 받아서 나에게 보고하도록."

"예, 마스터."

이제 이곳에 비행장까지 건립되면 진정한 국가의 기틀이 다 만들어지는 셈이다.

*   *   *

2016년 여름, 드디어 강수는 도시의 모든 기반을 갖추게 되었다.

의식주를 해결하는 아파트 단지는 물론이고 도심의 상업시설, 교통, 문화, 군사, 치안까지.

모든 지역을 최첨단으로 구축하고 사람이 평생 살아가는 데 무리가 없도록 완성한 것이다.

강수는 이것을 토대로 유엔사무국에 정식으로 국가를 선

포했다.

중앙정부는 투표로 구성하게 되며 군사나 경찰력의 보유는 오로지 국민이 정한 중앙정부에서 통제한다는 조건이었다.

또한 민주주의를 표방하며 시민의 자주권을 최대한 보장한다는 것이 기본 이념이었다.

유엔정부는 중국과의 교섭을 통하여 루야나드를 최종 국가로 승인했다.

그해 가을, 드디어 강수는 전 세계 200여 개국에 정식으로 국가를 선포할 수 있게 되었다.

펑펑펑!

강수가 만들어낸 국가 루야나드의 수도 고비시티에서 축제가 열리고 있다.

이번 축제에는 주변 국가들이 모두 참여하고 외국에서 온 관광객들까지 참여하여 상당히 북적거리고 있었다.

그런 가운데 외국인 관광객들은 루야나드로 이민을 올 수 있는 방안에 대해 상당히 많이 질문했다.

하지만 강수는 이 나라를 운영하는 데 있어 꽤 많은 비밀을 가지고 있기 때문에 이방인은 환영하지 않았다.

그러나 시민들은 이 나라에 조금 더 많은 사람이 유입되었으면 하는 바람을 가지고 있었다.

이 의견은 중앙정부를 통해 강수에게 전달되었고, 중앙정부는 이것을 국회로 넘기게 되었다.

제1대 국회의원 선거가 끝나고 난 직후 강수는 15명의 의원, 내각의 장관들과 함께 회의를 가졌다.

워낙 정부가 협소하기 때문에 그 관료들과 의회의 구성원을 모으는 데 한 시간도 채 걸리지 않았다.

강수는 이주민 수용 정책에 대해 물었다.

"내가 생각하기에 이주민은 우리의 생활방식에 대해 절대로 이해하지 못할 것이다. 어떻게 생각하나?"

"저희들도 비슷한 생각입니다. 하지만 국민들이 새로운 동반자를 원하고 있으니 이것 참 난감하기 이를 데가 없군요."

네르샤는 이들에게 아주 간단한 방법을 제시해 주었다.

"비밀을 보장한다는 내용의 서약을 받고 그것을 어기는 즉시 추방하도록 하지."

"우리와 함께 살아갈 수 있도록 정신교육을 시키자?"

"어차피 우리가 수용할 수 있는 인원은 한정되어 있다. 그렇게 생각했을 때, 비밀 보장을 위한 작업은 조금 더 수월하다고 볼 수 있겠지."

"흠……."

"철저한 정신 개조만 뒷받침된다면 당연히 그들을 수용할 수도 있다."

강수는 각 내각의 장관들과 의원들에게 물었다.

"그대들의 생각은 어떤가? 나는 충분히 고려해 보아야 한다고 생각하는데."

"일단 국민들에게 의사를 물어보고 투표로 결정하시지요. 어차피 이곳은 민주주의공화국 아닙니까?"

"그래, 그럼 대국민 투표를 통하여 이 사안을 결정하도록 하지."

루야나드는 처음으로 대국민 투표를 실시하게 되었다.

*   *   *

대통령 주재로 시작된 대국민 투표는 결국 엄격한 이민 심사를 통해 국민을 새로 들이는 것으로 마무리되었다.

비밀 보장과 성실의 의무, 납세와 봉사의 의무 등을 원칙으로 한 이민 절차가 그 해 말에 완성되었다.

이제 강수는 국가의 기틀을 모두 다졌음에 스스로를 돌보기로 했다.

그는 지금까지 계속 미뤄오던 네르샤와의 합방과 엘레나와의 결혼식을 추진하기로 했다.

솨아아아!

시원한 바람이 불어오는 고비산맥 정상에 오른 강수는 네르샤의 손을 잡고 있다.

"마음의 준비는 다 되었나?"

"나는 이미 50년 전부터 마음의 준비를 다 마치고 있었다. 네가 나를 거부했을 뿐이지."

이제 강수는 그녀가 잉태할 때가지 이곳에서 내려가지 않고 계속해서 생산 활동(?)에 박차를 가할 생각이다.

그것이야말로 다크엘프들에게 진정한 믿음을 심어주는 길이기 때문이다.

"자, 그럼 시작해 볼까?"

"…무슨 스포츠 경기처럼 얘기하는군."

"듣기론 스포츠와 별반 다를 것도 없다고 하던데?"

"그거야 성생활이 꽤 오래된 아저씨들이나 하는 소리고, 우리는 이제 막 첫 걸음을 뗀 초보 아닌가?"

"교접이 다 거기서 거기지, 뭐."

그녀는 산맥 정상에 마련된 오두막으로 강수를 데리고 들어갔다.

2개월 후, 네르샤는 드디어 강수의 아이를 잉태하게 되었다.

그리고 그는 이제 100년이나 미뤄온 엘레나와의 결혼식을 거행하기로 했다.

빠바바밤!

수도 고비시티에서 열린 결혼식에는 강수의 친구들과 그의 여동생들이 참석했다.

또한 루야나드의 모든 국민이 그의 결혼을 하나같이 축하해 주었다.

결혼식의 준비는 국민들이 직접 식장을 꾸미고 예복을 만들어 진행되었다.

국민들이 알아서 대통령의 결혼식을 준비하는 나라라니, 외신들은 이 광경에 훈훈해하면서도 재미있다는 반응이었다.

오늘 결혼식의 주례는 북동그룹 명예회장인 양휘철이 맡았다.

그는 단상에 올라 강수와 국민을 향해 주례를 시작했다.

"일단 결혼식을 축하한다는 말을 해주고 싶습니다. 이제까지 수많은 고난과 역경을 헤쳐 온 신랑과 신부이기에 이 결혼이 더욱 값지지 않나 생각합니다."

짝짝짝!

한차례 박수를 받은 그는 고개를 꾸벅 숙인 후 주례를 이어나갔다.

"개인적으로는 상당히 아쉬웠습니다. 제 딸도 아직 임자가 없거든요. 솔직히 저는 두 사람이 잘하면 결혼을 할 수도 있겠거니 기대했습니다. 하지만 그것은 역시 제 상상 속의 바람이었을 뿐입니다. 신부를 직접 보니 제가 얼마나 부질없는 꿈을 꾸었는지 알 것 같군요."

"하하하!"

"신랑은 이런 신부를 아끼고 사랑할 것을 맹세합니까?"

"맹세합니다!"

"신부 또한 이런 신랑을 평생 존경하고 사랑할 것을 맹세합니까?"

"물론입니다!"

씩씩한 두 사람의 대답을 들은 그는 짧게 주례를 끝마쳤다.

"주례는 최대한 짧게 하는 것이 미덕이라고 하더군요. 저는 이 부부에게 한마디만 하겠습니다. 서로를 믿고 의지하는 것, 이것만큼 아름다운 결혼생활도 없다고 생각합니다. 지금부터 무슨 일이 있더라도 서로를 아끼고 사랑하십시오. 그리고 반드시 서로를 믿어주십시오. 그럼 백년해로는 어렵지 않을 겁니다. 이상입니다."

짝짝짝짝!

그의 짧은 주례사가 끝나고 난 후엔 국민들이 만들어준 꽃길을 걷는 행진이 이어졌다.

─신랑, 신부, 행진!

빠바바밤!

"각하, 축하드립니다!"

"축하합니다!"

"감사합니다!"

강수는 지구 역사상 국민들에게 가장 사랑받는 대통령으로 역사에 그 이름을 올리게 되었다.

『현대 소환술사』완결

외전
중간계의 수호자

드래곤은 보통 만 년을 살아간다고 알려져 있다.

길고 긴 만 년의 세월 동안 드래곤은 미치지 않기 위하여 수많은 일을 해보기도 하지만 결국에는 세월의 무게에 이기지 못하고 동면을 하는 경우가 대부분이었다.

인간은 100년을 살아가며 그 때문에 하루하루를 치열하게 살지만, 드래곤에게는 남는 것이 시간이었던 것이다.

동면에서 깨어난 지 천 년.

블랙드래곤 아힌리히트는 올해로 8천 살이나 된 고룡이었다. 일명 에이션트 드래곤으로 불린다.

"허무하구나."

그는 세계 곳곳을 유영하였지만, 역시나 그 허무감은 쉽사리 떨쳐 낼 수 있는 것이 아니었다.

죽으려고 해도 죽을 수 없는 운명.

세계를 관조하는 드래곤에게 자살은 허락되지 않았다.

어느 날, 아힌리히트는 극한의 허무함을 느끼고 인간 세상으로 유희를 떠나기로 결심하였다.

유희는 해츨링에서 벗어난 이후로 천 년 정도 푹 빠져 지낸 놀이였다. 왕국을 세우기도 하였으며, 오크들을 규합하여 새로운 세상을 만들기도 하였다. 그때마다 아힌리히트는 허무함을 느끼고 동면에 들고는 하였다.

이번 유희는 한계를 긋지 않을 생각이다.

스스스슷.

유희를 결정한 아힌리히트는 인간의 모습으로 화하였다.

매혹적인 긴 흑발을 늘어뜨리고 조각과 같은 외모를 가지고 있는 남자. 그는 손을 볼까 하다가 귀찮아 그냥 두었다.

아힌리히트는 보물창고에서 인간 황제이던 시절에 사용하던 검을 들었다.

"아레나."

―주인님, 드디어 날 불러주는 거야?

"오랫동안 기다렸구나."

―영원히 나를 불러주지 않을 것 같았어.

"무료한 세월이 너를 부르게 되었구나."

스아아아아아!

아레나는 인간의 모습으로 화하기 시작하였다.

아힌리히트는 해츨링 시절 폼을 가장 중요하게 여겼다. 그
때문에 평소 아름다운 여자로 머물러 있다가 싸울 때가 되면
검으로 변하는 검을 한 자루 만들었다. 그 검이 바로 황제의
검이라고 불리던 아레나이다.

아레나도 아힌리히트와 같은 긴 흑발이다.

완벽한 외모는 아힌리히트가 동경하던 여자를 모티브로
만들었다. 지금은 죽어 자연으로 돌아갔으나 한때 사랑한 여
자 샤렐을 닮아 있다.

아레나는 무표정했다.

샤렐 역시 무표정했고, 그녀를 본떴기에 지금의 모습은 당
연한 것이다.

"어디로 가는 거야?"

"발길이 닿는 대로."

이번 유희에는 목적이 없었다.

해츨링 시절에는 분명한 목적이 있었다.

몬스터를 규합하거나 인간 세상의 황제가 되어야겠다는
등의 목표가 확실했다. 하지만 이번에는 아니었다.

이미 그는 검술로는 그랜드 마스터의 경지에 올랐으며, 마법은 10써클이 넘어섰다. 정령신과 계약하여 모든 정령을 부릴 수 있는 상태였다.

아힌리히트는 무작정 레어를 나와 걸었다.

걷다 보니 그는 큰 도시에 도착하였는데, 사실 그는 지명 따위에는 관심이 없었다.

전쟁 중인지 감시가 삼엄하다는 것 외에는 특이사항도 없었다.

"이름."

"아힌리히트."

"특이하군. 아힌리히트 황제의 이름을 계승하는 것인가? 뭐 어쨌든 신분은?"

"용병이다."

아힌리히트는 용병확인서를 보여주었다.

오랜 시간이 흘렀지만, 용병확인서가 예전과 달라지지 않았다면 그것으로 확인이 가능할 것이다.

"이것은 고대 통일제국에서 발행한 것이군. 위조품인가?"

그는 눈살을 찌푸렸다.

"으음……."

역시나 너무 오랜 시간이 흘러 이것으로는 통과가 되지 않았다.

아힌리히트는 흑마법을 구사했다.

"나는 용병이다."

"……."

그의 눈동자가 순간 흐려졌다.

"내가 누구라고?"

"용병……."

"그럼 어찌해야 하나?"

"통과!"

아힌리히트는 무사히 이곳을 통과했다.

경비병의 정신이 멍해지자 동료가 일깨웠다.

"자네, 뭐 하나?"

"험험. 아닐세. 다음!"

아힌리히트는 대도시로 발을 들였다.

칼리어스 왕국은 루멘트 제국과 전쟁을 벌이고 있었다.

백년전쟁이라 불리는 전쟁이 오랫동안 지속되고 있었고, 양국의 국력은 쇠약해져 있었다.

인구는 씨가 말랐기에 양국에서는 용병들을 끌어 모으는 데 혈안이 되어 있었으며, 그 결과 수많은 용병이 난립하였다.

칼리어스 제국 남부의 브라이튼 공작령에서도 용병 모집이 한창이었다.

"용병을 모집합니다! 내일 전투에서 승리한다면 두 배의 배당을 받게 될 것입니다!"

웅성웅성!

용병을 모집하자 많은 용병이 지원하였다.

아힌리히트는 용병 모집에 대한 허와 실을 잘 알고 있었다.

용병이 되어 죽으면 돈을 받지 못한다. 살아남으면 돈을 받지만 그렇지 못할 경우에는 아무것도 남지 않게 되는 것이다.

다만 용병들은 매우 많은 보수를 받는다. 전쟁에서는 특히나 보수가 많았다. 하지만 그만큼 용병들은 일선에서 전투를 벌여야 했다.

"저곳으로 갈까?"

"그러지."

아힌리히트는 아레나의 의견에 따랐다. 별달리 할 일도 없을 뿐만 아니라 요즘 용병들은 어찌 행동하는지 알아보기 위해서였다.

모병관이 아레나를 바라보며 눈살을 찌푸렸다.

"이 여자는 누군가?"

"검이다."

"뭐라고? 하하하하! 장난하나? 인간의 형상을 한 검은 황제의 검 빼고는……."

스스스슷!

"······!"

사람들은 놀라고 말았다.

아레나는 검으로 화하였고, 눈앞에서 본 이상은 믿을 수밖에 없었다.

"허어! 정말 검이었군."

"이제 믿겠나?"

아힌리히트는 막사를 배정 받기로 하였다.

퀴퀴한 냄새가 진동하는 막사였다.

이곳에서는 그야말로 썩은 냄새가 진동했는데, 용병들의 땀 냄새가 섞여 있기 때문이었다.

이곳에는 여성 용병들도 있었다.

다만 여성으로서 살아남았다는 것은 그만큼 검술이 뛰어나다는 뜻이기에 함부로 찝쩍거리는 사람은 없었다.

물론 함부로 찝쩍거리지 못한다는 것이지 그런 일이 아예 없다는 것은 아니었다.

"아가씨, 나와 함께 술이나 한잔하지?"

"······."

아레나는 한 사내의 말을 씹어 삼켰다.

그녀는 검으로 소문이 났지만, 워낙에 아름다운 외모를 가지고 있었다.

아힌리히트는 흥미진진한 얼굴로 용병을 바라보고 있었다.

모든 것이 무료해진 그에게 있어 용병의 행동은 꽤나 흥미로운 것이었다.

"죽고 싶나?"

"하하하하! 검 주제에 죽고 싶으냐고?"

팟!

퍼어어억!

"커어어어억!"

아레나는 사내를 개 패듯이 패기 시작하였다.

아레나는 검이었지만, 가디언의 임무를 수행하기도 하였다. 그렇기 때문에 기본적으로 소드 마스터 이상의 실력을 가지고 있었던 것이다.

사내의 얼굴이 급변하였다.

"개 같은 년이! 죽여 버리겠다!"

"할 수 있다면."

사내는 검을 뽑아 달려들었다.

탕탕탕탕!

아레나는 가볍게 검을 막아내었다. 그리곤 검을 잘라 버렸다.

서걱!

"허억! 뭐 이런 미친 경우가!"

퍽퍽퍽퍽!

아레나의 매타작이 시작되었다.

그날 저녁.

아레나는 아힌리히트의 곁에 누워 있었다.

"적당히 하지 그랬나."

"어쩔 수가 없었다. 기분이 나빠서."

"왜 기분이 나쁘지? 너는 검이지 않나."

"주인을 지키라고 입력되어 있기에."

"후후, 그렇군."

아힌리히트는 눈을 감았다. 잠은 자지 않아도 되었지만, 하루를 자고 일어나는 인간의 삶을 만끽해 보고 싶었다.

*   *   *

다음날 정오 무렵.

칼리어스 3만 군대와 루멘트 5만 군대가 평야에서 부딪치게 되었다. 아힌리히트가 속해 있는 곳은 바로 칼리어스 군이었다. 다소 불리한 입장이었지만 드래곤인 그에게 그것은 문제가 되지 않았다.

휘이이잉!

바람이 불었다.

칼리어스 수뇌부에서는 용병들을 먼저 출진시켰다.

"돌격!"

두두두두두두!

용병들은 저마다 무기를 들고 돌격했다.

이곳에서 살아남으면 꽤나 많은 돈을 받게 될 것이지만 죽으면 끝이다. 그야말로 한 방을 건 도박이라 할 수 있었다.

물론 그것은 인간의 입장이었고, 아힌리히트는 아무런 감정이 없었다.

퍽퍽퍽퍽!

양 진영이 부딪쳤다.

"와아아아아!"

인간들의 환호성이 울려 퍼지고 있다.

서로가 서로를 죽였으며, 일부 용병들은 살아남기 위하여 발버둥을 쳤다. 오랜만에 인간들의 피를 보았지만 아힌리히트로서는 별다른 감정이 생기지 않았다. 그저 빨리 전쟁을 끝내고 다른 곳으로 가고 싶을 따름이었다.

"검으로."

화르르르륵!

아레나가 검으로 변하였다.

아힌리히트는 수십 미터의 오러 블레이드를 태워 올리며 한 번에 수백 명씩 쓸어 나갔다.

콰과과과과!

"……!"

칼리어스 진영 측에서는 그것을 바라보며 경악을 금치 못하였다. 홀로 수많은 사람을 죽여 나가고 있는 것이다.

놀란 것은 루멘트 진영도 마찬가지였다.

그야말로 모든 것이 그에게는 무의미하였다. 눈앞에 있는 것만으로도 죽을 이유는 충분하였다.

검을 들고 막으면 그 째로 쓸어 버렸고, 풀 플레이트 메일도 그 상태로 쪼개 버렸다. 종횡무진하며 30분이 지났을 때, 그 위에 남아 있는 사람은 아무도 없었다.

"으으으으!"

다만 무릎을 꿇고 있는 루멘트 병사들이 보였다.

아힌리히트는 뒤를 돌아보았다.

"으아아아아!"

칼리어스의 군대도 두려움에 찬 얼굴로 그를 바라보고 있었다.

저벅저벅!

브라이튼 공작은 아힌리히트가 다가오는 것을 바라보며 두려움을 느끼고 있었다. 그가 마음먹으면 이곳에 서 있는 모든 인간을 죽일 수도 있다는 사실을 잘 알고 있기 때문이다. 그는 인간이 아니었다.

인간이라면 그랜드 마스터가 탄생한 것이다.

"위, 위대하신 분을 뵙습니다."

"그 말은 내가 가장 싫어한다."

"죄송합니다."

"돈을 내놔라."

"예?"

"대가를 달라는 말이다. 전쟁은 끝이 났다."

"여, 여기 있습니다!"

그는 통째로 가죽 주머니를 내밀었다.

아힌리히트는 꽤나 두둑한 돈을 받아 챙기고는 칼리어스를 떠나기로 하였다.

아힌리히트의 방랑이 본격적으로 시작되었다.

그는 칼리어스와의 전쟁이 끝난 후 용병단을 조직하였다. 일명 아힌리히트 용병단이라고 불리는 그들은 수많은 전쟁과 의뢰들을 전전했다.

어느덧 아힌리히트 용병단은 SSS급 용병단이라고 불렸으며, 그에 따라서 몸값도 뛰고 있었다. 무엇보다 용병단장이 그랜드 마스터라는 소문이 퍼지면서 몸값은 천정부지로 솟았다.

아힌리히트 용병단은 크렌 공국의 외곽지를 지나고 있었다.

야영을 하고 있을 때, 한 노인이 찾아왔다.

펄럭!

"단장님, 웬 노인이 의뢰를 한다고 합니다."

"어떤 의뢰인가?"

"마녀사냥이라고 합니다만……."

"마녀사냥이라……."

아힌리히트는 턱을 쓰다듬었다.

그에게 있어 의뢰 비용은 중요하지 않았다. 어디까지나 움직이는 이유는 흥미였다. 그가 흥미를 갖는다면 그것으로 된 것이라고 생각하였다.

일단 그는 노인을 들여보내기로 하였다.

"안녕하십니까, 단장님. 루이나 마을의 촌장 핸더슨이라고 합니다."

"아힌리히트다."

"제발 저희 마을을 구원해 주십시오."

"도대체 어찌 된 일인가?"

"입에서 불을 뿜고 얼음을 소환하는 마녀가 살고 있습니다. 최근 들어선 마물도 급증하고 있습니다."

"오호!"

아힌리히트는 흥미를 가졌다.

마물이 급증하고 있다는 것은 예사로 넘길 일이 아니었다. 가끔 차원의 균열이 생기면 그곳에서 마물이 튀어나오기도

하였다. 아힌리히트는 아마 이곳에 차원의 균열이 있을 것이라고 생각하였다.

"의뢰금은?"

"이것이 전부입니다."

"으음."

용병단 간부들은 탐탁지 않다는 표정을 지었다.

노인이 가져온 돈이 적은 것은 아니었다. 하지만 아힌리히트 용병단의 이름에 비한다면 적었다.

노인도 그 사실을 알고 있었다.

"적다는 것은 알고 있습니다. 하지만 달리 청할 곳이 없어서……."

"우리가 맡는다."

"단장님!"

"왜 그러나? 나는 단장이고 의뢰를 고를 권한이 있다."

이것으로 용병단의 행보가 결정되었다.

다음날 아침 무렵이었다.

아힌리히트는 용병대를 모아놓고 갈 사람들을 추렸다.

"남아도 좋다."

"무슨 말씀이십니까? 죽어도 함께 죽고 살아도 함께 삽니다. 안 그런가?"

"맞습니다!"

"와아아아아!"

환호하는 사람들.

아힌리히트는 용병대와 함께 의뢰 지역으로 향했다.

빌리 마운틴에 도착하자 꼭대기에서부터 음산한 기운이 감돌고 있다. 하늘은 회색이었으며 마기가 줄기줄기 뻗쳐 나오고 있었다.

아힌리히트는 이곳에 틀림없이 차원의 균열이 있을 것이라고 확신하였다.

"심상치 않군."

"단장님, 저곳을 보십시오!"

"쿠르르르륵!"

"꾸에에에엑!"

산맥을 오르는 도중, 거대한 좀비 떼와 마주쳤다.

아주 오래된 좀비들이었는데 스켈레톤도 다수 있었다. 이 것은 틀림없이 마기의 영향을 받아 시체들이 일어난 것이다. 얼마나 오래되었는지 썩기 직전의 것들도 있었다.

용병단은 좀비들을 헤치며 나아갔다.

아힌리히트 용병단은 최소한 A급 이상의 용병만 받아들였다. 그러니 하나하나의 실력이 상당하였다. 좀비와 스켈레톤은 별것이 아니었지만 문제는 헬하운드들이었다.

"컹컹컹!"

"헬하운드입니다!"

"마계의 마물들이 이곳에 나타났군."

"차원의 문이 열린 것일까요?"

"죽이면서 전진한다."

화르르르륵!

아힌리히트는 오러 블레이드를 태워 올렸다.

그는 닥치는 대로 헬하운드를 쓸어 나간다.

"깨개개개갱!"

용병들도 고군분투하고 있었으나 슬슬 한계에 봉착했다. 얼마 지나지 않아 발록이 나타났다.

─어리석은 인간들아!

"으아아아아아아!"

용병들은 혼비백산하였다.

발록은 거대한 불길을 일으켜 용병대를 강타하였다.

화르르르르륵!

"끄아아아아아악!"

"아아아아악!"

용병대가 허무하게 쓸려 나간다.

아힌리히트는 무심한 얼굴로 용병대를 바라보았다. 지금까지 정이 든 것은 사실이지만 너무 오랜 세월을 살다 보면 깨닫게 된다. 정을 주는 것은 어리석인 짓이라는 사실을 말이다. 그 때문에 같은 드래곤하고만 가끔 결혼을 하는 것이다.

아힌리히트는 불길을 견디며 발록을 바라보았다.

—네놈은?

"죽어주어야겠다."

퍼어어억!

—커어어억!

아힌리히트는 발록을 개 패듯이 두들겨 패기 시작하였다.

발록은 지옥에서는 공포의 존재로 군림하고 있었다. 그래서 인간계에서도 마찬가지일 것이라 생각했다. 하지만 그것은 발록의 착각이었다.

—꾸에에에에엑!

돼지 멱따는 소리가 울려 퍼졌다.

아힌리히트는 발록의 다리를 분질러 버리고는 목에 검을 가져다 대었다.

—이런 개 같은…….

퍼어어억!

"잘 가라."

스아아아아아!

발록을 죽인 아힌리히트는 궁금해졌다.

도대체 저곳에 무엇이 있기에 발록까지 나오는 것인지 이해가 되지 않았던 것이다. 단순히 차원이 벌어졌다고 보기에는 문제가 많았다.

좀 더 나아가자 좀비 로드와 뱀파이어 로드까지 나왔다.

놈들은 마족이었다.

아힌리히트는 뱀파이어 로드를 잡아 심문해 보기로 했다.

퍼어어억!

"쿨럭! 네놈은 인간이 아니구나!"

"알면 됐다."

퍽퍽퍽퍽!

일단 아힌리히트는 뱀파이어 로드를 두들겨 팬 후 팔다리를 모조리 부러뜨렸다. 놈은 엄청난 복원력을 가지고 있었으나 아힌리히트는 놈의 몸에 회복 불능의 저주를 걸었다.

"으으으! 도대체 이게 어떻게……?"

"네놈의 주인은 어떤 존재인가?"

"나를 죽여라!"

"아직 정신을 못 차렸군."

"차라리 죽여라!!"

푸하하하학!

뱀파이어 로드는 그렇게 자폭을 행하였다.

물론 실드를 친 아힌리히트에게는 그다지 큰 타격이 없었다. 희한한 일이 아닐 수 없었다. 마족들은 도대체 누구의 명령을 받아 나왔단 말인가.

그는 마녀굴이라는 곳까지 찾아가 보았다.

"……."

그곳에서는 더욱 놀라운 장면들이 나타나고 있었다.

고대 인간들의 영웅들이 무더기로 등장하였던 것이다. 그들은 데스 나이트나 리치로 변해 있었다.

"좋지 않군."

그는 검을 꽉 틀어쥐었다.

아무리 드래곤이라고 하여도 영웅이 화한 데스 나이트나 리치는 모조리 상대할 수 없었다. 아힌리히트는 이것은 유희가 아닌 실제 상황이라는 관점에서 접근하기로 하였다.

'최악의 경우에는 현신을 해야 할 수도.'

곧 산맥에서는 엄청난 폭음이 일어나기 시작하였다.

하늘에서는 메테오가 떨어졌으며, 산맥은 완전히 초토화되기 시작하였다. 오러 블레이드가 수십 미터씩 난무하였다.

놈들 역시 하나씩 죽었지만, 아힌리히트도 타격을 입었다.

서걱서걱!

"주인께서 용서치 않을 것이다!"

"그러니까 네놈들의 주인이 누구인가!"

"죽어!"

스아아아아!

사방으로 비명 소리가 울려 퍼졌다.

아힌리히트는 한참 동안이나 사투를 벌였다. 그때까지만 하여도 현신을 해야 할지 말아야 할지 고민했다.

지금까지 무료한 삶을 보내기만 하였지, 이렇게까지 목숨이 위태로운 적은 없었다. 이제야 아힌리히트는 살아 있음을 느낄 수 있었다.

생존은 본능이다. 그는 죽음을 바라고 있었지만, 사실은 살아남기를 바라고 있었다.

"끄아아아아아악!"

마지막 한 놈까지 처치하자 검은색 말을 탄 여자가 어둠을 가르며 나타났다. 자세히 보니 여자인지 남자인지 구분이 되지 않았다.

"감히 드래곤 따위가 대계를 망치는 것이냐!"

"샤브나크!"

아힌리히트는 긴장하기 시작하였다.

지옥의 군단장 샤브나크는 지옥 72악마 중에서 43위의 대악마였다. 이곳에서는 드래곤이 최강이지만, 지옥의 대악마들과 싸우면 드래곤도 승리를 장담하기 힘들었다.

"죽어라!"

쿠아아아아아아앙!

사방으로 파편이 비산하였다.

아힌리히트는 곧바로 현신했다.

여기까지였다. 더 이상은 그로서도 어찌할 도리가 없었다.

놈은 스스로 상처를 치료하였으며, 검으로 치는 즉시 돌로 변하였다. 몇 개의 비늘이 돌로 변하였으며, 칼에 상처가 닿아 썩어버리기까지 하였다.

곧 암흑마법이 하늘 전체를 물들였다.

쿠아아아아앙!

암흑 폭풍이 사방에서 몰아쳤다.

암흑의 번개가 회전하며 사방의 모든 것을 태워 없애고 있다.

아힌리히트는 죽음을 직감하였다.

놈은 강해도 너무 강하였다. 마계의 존재들은 그 힘을 측정할 수 없다는 사실을 알고 있었다. 천계에서도 놈들과 싸우기보다는 아예 나오지 못하도록 막는 것에 주력하였다.

그런 자들이 중간계로 나왔으니 드래곤이 막을 수 없는 것은 당연한 일이었다.

'이것이 나의 운명인가.'

쿠구구구구구!

이대로라면 세상은 멸망할 것이다.

악마가 나타났다는 것 자체가 예삿일이 아니었다. 이곳에서 막지 않으면 모든 인간은 멸망하고 말 것이다.

그는 브레스를 사용하기로 하였다.

쿠아아아아아!

"잔기술인가?"

"크아아아앙!"

드래곤 브레스가 놈에게 작렬하였다.

아힌리히트는 경악하고 말았다. 놈은 브레스를 맨몸으로 견디며 한 발 한 발 앞으로 다가오고 있었던 것이다.

퍼어어어억!

놈의 주먹이 브레스를 뚫고 얼굴에 작렬하였다.

"끄아아아아악!"

"하하하하! 가소롭구나!"

이렇게 죽어야만 하는 것일까.

아힌리히트는 질 수밖에 없다고 생각하였다. 어차피 죽는다면 어떻게 하는 것이 옳은가.

'자폭이다.'

쿠구구구구!

하늘이 길게 울었다.

이것이 운명이라면 해야만 한다. 그가 지금까지 살아 있는 것이 바로 샤브나크를 죽이기 위해서라는 생각까지 들었다.

'이 정도 살았으면 많이 살았다.'

그는 용언으로 자폭을 시도하려 하였다.

사방으로 마나가 모였을 때, 그는 폭발시켰다.

쿠아아아아앙!!

"이런 미친!! 아아아악!"

샤브나크가 서서히 사라지기 시작하였다.

놈은 이계의 틈으로 들어갔지만, 언제 그곳이 벌어져 다시 악마들이 튀어 나올지는 알 수 없었다. 그렇게 불완전하게 놈을 날려 버렸으며, 아힌리히트는 서서히 죽어가기 시작하였다.

*　　　*　　　*

얼마나 시간이 지났을까.

아힌리히트는 틀림없이 죽었다고 생각하였다. 상식적으로 그렇게까지 거대한 마나 폭풍을 직격으로 얻어맞고 살아남을 수는 없다고 생각하였다.

하지만 그는 눈을 떴다.

"으으음……."

"정신이 들어?"

아힌리히트는 정신을 차리고 정면의 여자를 바라보았다.

그녀는 아레나였다.

"이곳은?"

"악마와 싸웠던 곳."

"놈은 어찌 되었지?"

"돌아갔어."

"돌아갔다니……. 완전히 죽이지는 못한 것인가?"

"어쩔 수가 없는 일이지."

아힌리히트는 탄식하였다.

틀림없이 죽일 수 있을 것이라고 생각하였다. 그리 생각하고 자폭하였던 것이다. 하지만 놈은 죽지 않았다고 한다.

아힌리히트는 심장을 내려다보았다.

'드래곤 하트의 반 이상이 날아갔군.'

아힌리히트는 한숨을 내쉬었다.

아힌리히트는 자리에서 일어나려 하였다. 만약 그것이 사실이라면 이렇게 팔자 좋게 누워 있을 수 없었다. 어떻게든 일어나 미래를 도모해야 했다.

이 상태라면 언제 세상이 멸망할지 몰랐다.

그에게 한 가지 부담이 늘어났다.

"크으으윽!"

"아직은 무리야."

"일어나야……."

"당장은 어떻게 되지 않을 것 같아. 그러니까 몸을 좀 추스르도록 해."

아힌리히트는 그대로 기절해 버렸다.

아힌리히트는 1년 동안이나 잠들어 있었다. 평소 수백 년까지 동면을 취하던 아힌리히트였지만 이번에는 달랐다. 시간이 남아돌아 동면을 취한 것이 아니라 그저 회복을 할 수 없었으므로 그리한 것이다.

아힌리히트는 겨우 정신을 차렸다.

"정신이 들어?"

"내가 얼마나 잔 것이지?"

"1년……."

그가 동면에 들어 있는 1년 동안 아레나가 곁을 지키고 있었다. 사방으로 수많은 시신이 보인다.

"어떻게 된 일이야?"

"남아 있는 마물들이 있어서."

이곳은 산꼭대기였다.

아레나는 아힌리히트가 기절해 있는 동안 그를 지키기 위하여 최적의 지형을 골랐다. 그리하지 않으면 죽음을 맞을 것이 확실하였기 때문이다.

꼭대기까지 올라와 제방을 쌓고 최대한 버텼다.

마물들과 아레나의 사투가 시작되었고, 그녀는 생과 사의 중간에서 살아야 했다. 에고 소드였으니 주인을 지켜야 한다는 본능이 남아 있었던 것이다.

아힌리히트는 아레나를 끌어안았다.

"네가 나를 지켰구나."

"이런 날도 있어야지."

"그래, 그래야지."

아힌리히트는 일어나 차원의 균열을 살폈다.

지금은 단단하게 봉인되어 있지만, 갈라진 틈에서는 마기가 풀풀 새어 나오고 있었다. 그 때문에 이곳의 몬스터들을 마물들로 변화시킨 것이다.

아힌리히트는 결심하였다.

"이곳에 레어를 쌓도록 하자."

"진심이야?"

"이것이 나의 운명이라면 행하는 수밖에."

아힌리히트는 이곳에 레어를 지을 결심을 하였다.

그리고 그것은 그가 앞으로 살아가면서 겪어야 할 고난의 시작이 되었다.

외전 끝

초대형 24시 만화방

신간 100%, 샤워실, 흡연실, 수면실(침대석), 커플석, 세탁기 완비

■ 강북 노원역점 ■

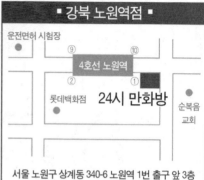

서울 노원구 상계동 340-6 노원역 1번 출구 앞 3층
02) 951-8324 (화용빌딩 3층)

■ 일산 정발산역점 ■

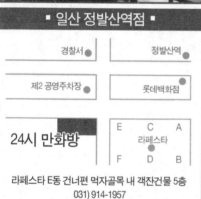

라페스타 E동 건너편 먹자골목 내 객잔건물 5층
031) 914-1957

■ 일산 화정역점 ■

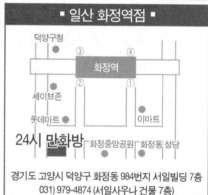

경기도 고양시 덕양구 화정동 984번지 서일빌딩 7층
031) 979-4874 (서일사우나 건물 7층)

■ 부천 역곡역점 ■

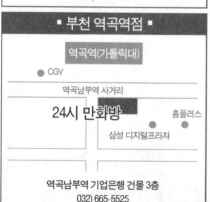

역곡남부역 기업은행 건물 3층
032) 665-5525

■ 부평역점 ■

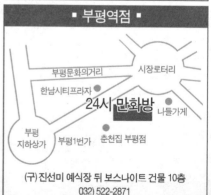

(구) 진선미 예식장 뒤 보스나이트 건물 10층
032) 522-2871

네르가시아 장편소설
FUSION FANTASTIC STORY

도시 무왕 연대기

글로벌 기업의 후계자 감태하.
탄탄대로를 걷던 그에게 거대한 음모가 덮쳐 온다!

『도시 무왕 연대기』

가장 믿고 있었던 친척의 배신,
그가 탄 비행기는 추락하고 만다.

혹한의 땅에서 기적같이 살아나
기연을 만나게 되는데……

모든 것을 잃은 남자,
감태하의 화끈한 복수극이 시작된다!

Book Publishing CHUNGEORAM

유행이아닌 자유추구~
WWW.chungeoram.com

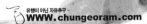

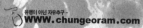

이경영 판타지 장편소설

FANTASY FRONTIER SPIRIT

그라니트
용들의 땅
GRANITE

사고로 위장된 사건에 의해 동료를 모두 잃고 서로를 만나게 된 '치프'와 '데스디아'.
사건의 이면에 상식을 벗어난 음모가 있음을 알게 된 둘은
동료들의 죽음을 가슴에 새긴 채 각자의 고향으로 돌아간다.
2년 후, 뜻하지 않게 다시 만난 두 사람은 동료들의 복수를 위해
개척용역회사 '그라니트 용역'을 설립해 다시금 그 땅을 찾게 되는데……

용들이 지배하는 땅 그라니트!
그곳에서 펼쳐지는 고대로부터 이어지는 운명적 만남,
깊어지는 오해, 그리고 채워지는 상처.

『가즈 나이트』시리즈 이경영 작가의 미래형 판타지 신작!

Book Publishing CHUNGEORAM

유행이 아닌 자유추구 -
WWW.chungeoram.com

FUSION FANTASTIC STORY

인기영 장편소설

리턴 레이드 헌터

Return Raid Hunter

하늘에 출현한 거대한 여인의 형상……
그것은 멸망의 전조였다.

『리턴 레이드 헌터』

창공을 메운 초거대 외계인들과
세상의 초인들이 격돌하는 그 순간.
인류의 패배와 함께 11년 전으로 회귀한 전율!

과연 그는, 세계의 멸망을 막을 수 있을 것인가.

**세계 멸망을 향한 카운트다운 속에서 피어나는
그의 전율스러운 이야기!**

Book Publishing CHUNGEORAM

유행이 아닌 자유추구 -
WWW.chungeoram.com